KB034522

목마르다

목마르다

구재기 시집

시아북
詩芽BOOK

시인의 말

詩를 생각하면
언제나 목마르다

깊은 샘물을 길어 올릴 두레박 하나 보이잖는데
하루하루 삶이
더욱 더 목마름을 부추긴다
샘물이 가득 고였어도
여전히 목마르거니와
어찌해야 해갈이 가능하게 될까
걸어서 가야할 길들은 자꾸 멀어져만 가는데
두레박 하나 겨우 보이는가 싶었는데
아, 이제는 두레박에 끈조차 없다

오늘도 목마르다
詩를 따라간다
22번째 시집으로 목마름을 달래본다
그러나 여전히
목마름은 계속된다

2020. 겨울날
산애재蒜艾齋에서
구재기丘在期

제1부
폐광廢鑛에서

제2부
어쩔 수 없다

제3부
가까운 것은 보이지 않는다

제4부
그러나

제5부
아침 일곱 시 반

제1부

폐광廢鑛에서

목숨

저수지가
완전히 말라버렸다
현명한 남자도
현명하지 못한 남자도
알몸의 저수지 앞에서
혀를 끌끌 찼다
백수白壽에 이른 할아버지는
이렇게 저수지 끝장난 것은
평생 처음 있는 일이라 했다
저수지는
모든 사람들에게
분명한 목숨이었다

저수지 알몸엔
거대한 거북 한 마리
숨 멈춘 채 엎드려 있었다

신호信號에 대하여

모든 신호는
불빛을 낸다
그 불빛으로 하나씩의
신호를 보낸다

바다에도 불빛이 있다
등대라는 불빛
그 빛을 따라 바다에서 나온 그는
다시 바다에 나가 살다가 죽었다

휘황한 네온사인
강렬한 불빛을 따라
수많은 벌레들이 모여들었다가
따다닥, 날개를 접고 죽어갔다

아마 무척
어두운 밤이었을 게다

푸른 불빛의 신호를 받고
무심히 길을 건너던 소녀가

달리는 차에 치어 죽었던
눈 내려 쌓인 그 날 밤

어두운 하늘
성기게 뜬 별빛을 따라
철새들은 밤새도록
보금자리를 찾아 날아갔다

황사黃砂 속에서

먼 길을 달려온 열차
플랫폼 안으로 서서히 들어서자
철로변의 벚꽃무리
일제히 제 몸을 흔들어 털어냈다
꽃잎들의 소리 없는 환호성
참 멀리로부터 달려와 멈추게 되었구나
마라톤의 완주 거리는 42.195㎞
메인스타디움에
맨 처음 모습을 나타낸 선수에게
관중석에서
일제히 터져 나오는 기립 박수 소리
오늘의 지금
이렇게 멈출 자리로 오기까지
얼마나 먼 거리에서
얼마나 많은 꽃잎과 박수를 기다려 왔던가
그러나, 기다림은
완전한 범죄를 꿈꾸게 하는 것
바닷가에 내려서자
먼 바다로부터 제 빛으로 몰려와서야
비로소 뭍에 이른 파도

이내 거품 한 줌씩 게워내고 있었다
몽골의 황량한 고비 사막으로부터
기승을 부리던 몸부림
황사는 황해를 단숨에 건너 왔다
기다림으로 꿈꾸어왔던 자리
꾸역꾸역 죄악을 토악질해대며
모든 시야를
완전히 가로막고 있었다

자유 한 마리

지방도 619호 변
저수지로 흘러드는
조용한 물길에 발 하나 담근 채로
쇠백로 한 마리 홀로 서 있다

구름떼 물길에 내려와도
홀로였다, 지나는 경적으로도
묵묵부답, 홀로란
스스로를 다스려가는 침묵

쇠백로 한 마리
홀로라서
흐르는 침묵에 그림자를 비춘 채로
완전한 자유를 누리고 있다

봄, 들녘에서

겨우 내내, 검은 들녘
검불 날리고 눈발 휘몰아치더니
봄이 깃들어
출렁이는 물결이더니
독새풀 진정할 줄 모르고
자꾸만 불어나 퍼질러 대나니
어느덧 푸르디푸르도록
흐드러지게 솟구치는 사독邪毒이여

음메음메에,
검정 염소 울었쌌는
발정기여

감을 따 내리며

붉게 익은 감을 딴다, 아니
감나무 가지를 잘라낸다
감을 따 내리려면
가지를 잘라내야 한다

감을 따 내린 자리
빈 가지 사이마다
새 순이 돋아나기를 빌어주며
가지 꺾어 비워 둔다

비워둔다는 것은
잠재성이 꽃필 수 있는
자리를 마련하여 주는 것

텃새 한 마리 날아와
붉은 감을 쪼아대면서도
굶주린 허기를 채울 뿐
빈 가지 하나 꺾지 못한다

생명의 터전을 마련해주며

감나무는 새순에서 꽃 피고
열매를 맺는다는 것을
다시 한 번 생각해 본다

낙화암落花岩에서

바위도
뭔가는 해야 한다
지는 꽃잎이
무슨 소리 할까마는
꽃잎마다 한으로 맺혀있는
저녁 이슬, 방울방울
소리하면서 떨어지나니
바위도 뭔가
말을 해야 한다
천삼백여 년이 지난 지금
소리 높은 침묵으로라도
지는 꽃잎의 슬픔을
바위도 이제, 바로
말할 줄 알아야 한다

* 낙화암落花岩 : 충남 부여 백마강변의 부소산 서쪽 낭떠러지 바위를 가리켜 낙화암이라 부른다. 낙화암은 백제 의자왕(재위 641~660) 때 신라와 당나라 연합군이 일시에 수륙양면으로 쳐들어와 왕성王城에 육박하자, 궁녀들이 굴욕을 면하지 못할 것을 알고 이곳에

와서, 치마를 뒤집어쓰고 깊은 물에 몸을 던진 곳이라 한다. 『삼국유사』『백제고기』에 의하면 이곳의 원래 이름은 '타사암' 이었다고 하는데, 뒷날에 와서 궁녀들을 꽃에 비유하여 '낙화암' 이라고 고쳐 불렀다. 낙화암 꼭대기에는 '백화정' 이란 정자가 있는데, 궁녀들의 원혼을 추모하기 위해서 1929년에 세운 것이다.

자온대自溫臺에서

내 몸의 열기로
길고 긴 세월을 지키는
고성古城이나 되는 것처럼
칠척간두七尺竿頭에 우뚝 서고 싶다
백강白江의 영혼들을 모아
흐르는 물줄기나 바라보면서
백제 의자왕의 보양식이었다는
삼채우어회를 안주 삼아
맑게 취하는
소주 한 잔 나누고 싶다
나라 잃은 것을
어찌 슬픔으로만 끝낼 수 있으랴
멈춤 없는 백강의 흐름을 따라
식지 않는 바위의 온기와
내 몸의 열기로, 옷깃을
바싹, 휘두르고 싶다

* 자온대自溫臺 : 백제대교 서쪽 강변에 우뚝 솟은 자온대는 높이 20m의 바위 절벽. 수북정 아래쪽에 있는 자온대自溫臺는 백제시대 왕이 부여군 규암면 신구리 속칭 왕은리 마을 일대에 있었다는 왕흥사王興寺에 행차할 때 이 바위를 거쳐 가곤 했는데, 왕이 도착할 때마다 바위가 저절로 따뜻해져서 '구들돌'이라 명명했다 한다. 이 전설에 따라 '자온대'라 불려오며 암벽에는 우암尤庵 송시열宋時烈의 '自溫臺'라고 쓴 친필이 음각되어 보존되어오고 있다.

일식日蝕에 대하여

도대체 파도가
얼마나 큰 것이기에
수천 만 톤급 유조선이
파도에 실려 둥둥 떠 있음에도
그것이 파도라는 걸
모른다는 것일까

넓고 넓은 대양大洋

지구가 얼마나 넓기에
땅속에 묻혀 계심에도
내가 찾는, 만나보고 싶은
울 엄마, 울 아빠는
돌아오시는 길
왜 모르시는 것일까?

크고 깊은 지구地球

눈물 빛에
두 눈이 가려

보이지 않는 저 거대한 사랑
온 누리는 시방
빛의 어둠에 휩싸여 있다

천방산千房山

거대한 산
봉우리로부터
실오라기 같은 물줄기가
수없이 많은
골을 타고 내려온다
가만가만, 자세히 바라보면
봉우리로부터 뻗어 내린
물줄기는
하나 둘이 아니다
세상을 바라보는
두 눈 밑으로 흘러내리는
실오라기 같은 물줄기가
보일 듯 말듯
숲을 거느려 감추어가고 있다

아, 이 세상에
어머니로 태어나시면서
저토록 많은
물줄기를 거느려 오신 게다
부끄러움처럼

흘러내리는 물줄기를
감추어 오고 계신 게다

지금 거대한 산이
울고 있다
멀리서 바라보면
온통 푸르고 푸른 여름 숲에
감추어진 골을 따라
어머니는 눈물을 흘리면서
어린 새끼들의 세상을
굽어보고 계시다

* 충남 서천의 진산鎭山

독도는 마음을 멈추지 않는다

파도에 둘러싸인
섬이라고 부르는 순간
독도는 이미 독도가 아니다
거센 파도의 칼날부터 먼저
가볍게 삼켜버린다

진흙 속에 방천防川의 말뚝을 박듯
제 몸을 자꾸만 흔들며
스스로 몸을 흔들며
독도는 파도 깊이 뿌리를 내린다
뼈대를 바로 세운다

하루 한 날 어디
조용한 적이 있었던가
파도가 밀려올수록 오히려
바깥은 단단하지만
안쪽으로는 한없이 부드러운
아, 영원히 변할 줄 모르는
저 백두대간白頭大幹의 응신應身

파도는 물 깊은 곳에서
결코 밀려오지 않는다
파도의 중심에 있을 때
독도는 방천의 말뚝처럼
혼신으로 우뚝 선다

목적지에 도달하면
아무 데로도 갈 수 없는 것
어둠을 어둠으로
물리칠 수 없는 독도는
잠시도 마음을 멈추지 않는다

금강金剛으로 향하며

금강으로 향하여
바다를 달린다
하얗게 일어서는 뱃길

발을 벗어도
부끄럽지 않은 자는 오라
흙탕물을 밟지 않은
전투화戰鬪靴를 벗어 던지고
달릴 수 있는 자는
모두 이곳으로 오라, 오라

금강으로 가는 길
하늘의 모든 구름이 쏟아 부은
온갖 설움과 슬픔과 원망을 딛고
너와 나는 비로소
한 마음 한 몸이 될지니

두터운 옷을 벗어 던지고
알몸으로 달릴 수 있는 자는
모두 이 뱃길로 오라

이 푸른 알몸의 바다로 오라
청정清淨의 창해滄海
햇살이란 햇살들이
이곳에서는 애시당초
심해深海에서 치밀어 올라오는 것
푸른 물낯을 터전으로 하고
금강의 그림자를 얼싸안을 수 있는
너른 가슴인 자는
이 뱃길에 온몸으로 뛰어 들어라

금강으로 향하여
뱃길을 간다
청정清淨의 순順한 길
모진 두 손을 씻으며 닦으며
금강과 한 몸 되려
하얗게 일어서는 창해의 햇살로
뱃길을 빚으며 간다

천방산千房山 단풍

천방산千房山 단풍은
천방千方으로 물감을 뿌린다
전설 속의 상처가
저려오면 저려올수록
천방산의 단풍은 분연히 일어서
횃불을 들고 어둠을 내몬다
업보業報는 아무리 녹여도
상처는 남는 것
천방산 절터를 돌고 돌며
두 손 모아 하늘을 우러러도
목이며 가슴이며 등짝이며 이마에
손이며 발목이며 어깨죽지며 허벅지에
분신焚身처럼 타오르다 보면
아, 소름처럼 돋아나는 상처들
무엇을 만나
무엇으로 기뻐하랴
분노가 연하여 치밀어 오는데
어둠 가득한 누리의
지금,
어찌 천방의 물감을 아끼겠는가

삶이 분명히 죽음으로 끝나듯
죽음은 다시 삶으로 태어난다
바로 서면
그림자도 바로 서는 것

거친 바람과 마주하며
천방산의 단풍은
짙은 물감을 천방으로 뿌린다
1,300여년도 더
상처로 지나온 시간보다도
훨씬 나은,
길고 긴 하루하루로 살아간다

* 지난 가을날 백제 패망의 한恨을 품은 전설 속의 주인공 천방산에 오르는데 단풍이 유달리 짙었다. 백제가 멸망한 660년 이후 오늘날까지 1,300년 이상 긴 세월 동안에도 그 업보에서 벗어나지 못한 채 붉은 단풍을 토해내고 있기 때문인지 모른다. 천방산은 분명 해마다 그 짓을 되풀이하여 왔을 것이다.(2012.01.27)

독배毒杯

먹구름이 천둥번개를 치면서
굵은 빗방울을 떨어뜨리는 동안에도
흙 앞에서 무릎을 꿇을 줄 아는
농부는 눈물을 거두고
흙으로 간다

물가에서 몸을 추슬러
하늘 향해 오르는
저 우람한 나무
그림자를 물에 담아놓고 서 있어도
흐름을 따라가는 걸 보지 못했다

흙속에는
신神을 부르는
숨소리가 숨어 있었다
물소리가 살아 있었다
잠시 흔들리는 목청을 돋궈
독배를 마실지언정
어금니를 앙 문 채
발걸음을 재촉하다 보면

어느덧 흙주접*

평생을 흙 속에 살아 왔음에도
단 한 번도 흙의 때를 탓하지 않았다

어둠 속으로 들어온 햇살처럼
발가락에 묻은 흙붙이나
손가락에 달라붙는
찌꺼기까지 털어버리고 나서
농부는 아침마다 독배를 들었다

* 흙주접 : 한 가지 농작물만 잇달아 지어 땅이 메말라지는 현상

폐광廢鑛에서

발길이 끊어진 곳은
차갑다, 폐광
그 짙은 어둠 속에는
한기寒氣가 감돌았다
곧잘 산을 내려오던 산짐승도
한때 북적이던 광부들도
술청 앞에서 젓가락 두드려대던
아가씨들은 다 어디로 갔을까
고요하고 쓸쓸한 폐광마을
군郡에서는 한여름의 피서지로
폐광을 다듬어
사람들을 불러들였다
마침내 한여름 피서지로
유명세를 타자
사람들이 구름처럼 몰려들었다
폐광 안으로 들던 사람들이
오들오들 떨면서 나왔다
그러나 광부들이나
아가씨들은 보이지도 않았다
산짐승 한 마리까지도

한기 앞에는
얼씬거리지 않았다

겨울꽃

경지 정리된
논두렁에 뒹구는
빈 농약병 하나

반짝!
햇살을 퉁기며
금속성 소리를 내지른다.

혼자서
중얼거리는 소리
구름이 햇살을 거두어가 버렸다.

폐도廢道

— 장항 도선장에서

늙은 용왕처럼
하늘을 보고 땅을 보는
순수純粹는
곧 무심無心이다

그러나
사라지고 나니
인간이던 지난날들이
더욱 더 그리워지고 있구나
그러다가 마침내

그림자로, 가슴에 남은
커다란 그림자 하나만으로
거센 물결에 밀리고 찢겨졌다
오랜 산덩어리처럼
길은 탁류濁流의 바다에 잠겨버렸다.

얼룩에 대하여 2

깃털이란 깃털
모두 얼루기*인 새 한 마리
길가 큰 나무 밑에 떨어져 죽어 있다
부릅뜬 두 눈이
한 곳을 집요하게 붙들고 있는
몸 하나에서 돋아난 빛깔이 다양하다

작은 바람에 깃털이 날릴 때
결 고운 솜털은 모두 한 가지 색
하얀 속살을 보듬고 있다
본디 한 가지 색깔로 태어났지만
눈비 찬 날을 지나다 보니
저렇게 얼룩이 되었던 것은 아닐까

깃털이 박힌 몸은
뜨거움이었지만
몸 밖으로 튀쳐 나온 수많은 얼룩들
저자거리를 숲으로 날아오다 보면
높아진 목소리들 모두
얼루기로 모을 수밖에 없었으리라

세상을 보는 맑은 눈을 담고
눈부신 햇살과 바람의 무늬 사이
온갖 꽃물에 물들이던 부리를 놓아버리고
얼루기 한 마리가
큰 나무 밑 작은 바람 속에서
주검 속 속살을 마구 헤적이고** 있다

* 얼루기 : 얼룩얼룩한 무늬나 점
** 헤적이다 : 자꾸 이리저리 들추어 헤치다

조개 구이

온몸이 뜨겁게 달구어지면
입을 벌린다
몸에 밴
간기를 송두리째 내뿜는다
갯벌을 떠나
세상을 마음껏 헤매다가
온몸이 이렇게 달아오르기는
처음이다
갯벌에서야 깊이 숨어 살아왔지만
그냥 숨어 지내는 것이
바른 삶이었지만
갯벌을 떠나서야 어디
제대로 묻혀만 지낼 수 있으랴
몸에 묻은 벌흙을 씻어내고
곱게 단장을 하고
모로 누워 있으면 그저
온몸이 뜨겁게 달구어진다
저절로 벌어지는 입을
차마 다물지 못하고
속 창자까지 짙게 밴

간기마저 토해내고 보면
입술 타는 목마름 뿐이다
아, 세상 살아간다는 것이
바로 이런 것이로구나
눈앞에 보이지 않는
갯벌은 끊임없이 출렁이고
눈에 보이지만
엄연히 존재하고 있는
눈앞의 세상은
점점 보이지 않는다
사라져 간다

골문이 없다

공설 운동장보다도
넓은 안마당

아이들이 공을
굴리며 놀고 있다

공은 차지 않고, 힘껏
온 몸으로 밀어내다가

공처럼
몸이 둥근 아이들은

공과 함께
데그르르 구르곤 한다

몸이 둥근 아이들에게는
골문이 없다

가로등

소리 없는
이파리의 낙하, 그리고
입간판 모서리에 돋는 서릿발

간밤, 부조리한 걸음으로 헤매던
어둠의 자취

길은 끝이 보이는데
어둠은 여전히 끝이 없다

이파리마다에
머문 바람, 그리고
불빛으로 남은 가을 끝자락

갈대 2

세상
사람들 모두
날, 흔들리는
갈대라 부르지만

크게 흐르는
강물 밑에서도

단 한 번도
난, 태어나고
자란 자리
옮겨 산 기억이 없다

제2부

어쩔 수 없다

해변에서

끝이
보이지 않으면
아름답다

바닷물에
발목을 묻고
머언 바다에 안긴 채

아무런
저항도 없이
모든 구속을 풀어버리면

한도
끝도 없는
영생의 불멸不滅

보이지도
마주할 수도 없는 사랑은
더욱 아름답다

강江에 대하여

천하가 이리 넓고
내가 큰 흐름인 줄 미처 몰랐구나
지난 밤 큰바람을 만나
큰바람과 함께
무어라 무어라고
고래고래 외쳐대던 소리가
내 몸의 흐름에서
비롯되었음을 모르고 있었구나

바람 자고 난
맑은 아침에 피어오른
찬란한 햇살
내 낯에서 갈기갈기 찢긴 채
함께 하고 있었다는 것을
하늘에 비추어 보고서야
비로소 깨달은
이 무겁고 부끄러운 침묵

골 깊어 맑은 골물
메아리로 크게 울어댄

길고 긴 그림자
내 심장 깊이 아리게 박혀
큰 아픔이 되어 있음을
내 몸의 흐름으로도
전혀 알지 못한 채
마냥 크게 울음하여 왔구나

그 여자

홍자紅紫빛 구슬로
온 몸을 치장하고

그 구슬마다에
눈부신 햇살까지 매달고

눈부시어라
황홀하게 아름다워라

그런데, 하필, 왜,
'작살나무' 그 이름일까?

정情

두둘겨
날카롭게 하면
오래 보전할 수 없는 ……

봉우리

어둠이 쌓이고
또, 쌓이고 나면
지나는 구름
모두 불러들여
허리에 에두르고
선 자리 그대로 굳어
철저한 경계로 삼은 채
불타는 노을빛으로
피 토하듯
울음하는 여인아

첫눈에 반하다

이슬
한 방울

우듬지에서 떨어져
무한의 호수에

번지는
파문

온 하늘이
마구 출렁거리다

인연因緣에 대하여

길을 길로 알고
가는 모습은 아름답다
바른 길로 올바르게
함께 가는 모습은
더욱 아름답다

끊기지 않는
삭지 않는 끈으로 묶여
한 몸이 되는 길
열매 맺기 위해서는
먼저 꽃을 피워야 한다.

생사를 초월하는
가장 치열한 길 위에서
별이 뜨는 것을 바라보며
어둠을 지우고 나면
우레처럼 들려오는 박수소리

첫 발걸음이래도
축도祝禱만 남고

궁금한 것은 하나 없다
다함의 깊은 길은
분명히, 찬란한 꽃이 된다

목마르다

우물이 깊을수록
두레박의 끈은 길다
심한 목마름에
한 두레박의 물을 길어 올려도
목마름을 위해서는
한 모금의 물만 필요할 뿐

하늘의 구름 사이
밝은 달이 우물에 빠지면
그때마다 나는 급히 목마르다
서둘러 두레박을 내리지만
끈이 긴 두레박의 물은
쉽게 내 입술에 닿지 않는다

사랑하는 사람아
그대가 사랑한다는 말을
아무리 들려주어도, 쉽게
나의 목마름은 가시지 않는다
차라리 깊이 빠져드는
한 덩이 달이 되고 싶다

저물어 가는 길

어둠은 한 자씩
자벌레의 몸으로 다가오기 시작하고
뒷산 그림자의 길이가
한창 지리멸렬이다
둑길의 미루나무 잎에
어둠이 고이더니

멀어지는 사랑
그것은 언제나
죽음보다 삶에 도움을 주는 것
아, 진정한 발길에서
무엇이 근거를 찾아 나서랴

그 동안 오가던 길이
점점 멀어져 가더니
마침내, 갈 길에는 걸어온 만큼
슬픔이 가득 쌓여간다

저물어 가는 길, 끝
멀리 산봉우리 하나
어둠이 덩그렁 올려 세운다

노을

강물이
깊어 간다

깊어 갈수록
향기로워지는 강물

멈추어진 발걸음, 그리고
일순으로 멈춘 강물

바람 없이도
하늘에 뜬 새 한 마리

강물에 빠져
불붙어 타고 있는데

어찌 분에 넘치는
하루를 꿈 꿀 수 있으랴

다 저녁때마다 강물은
제 나이만큼 깊어 간다

첫만남

아침 산책길

온몸이
저려오는

짜릿한
전율

풀잎
이슬을
털고 나온
•
뱀
•
한
•
마
•
리

어쩔 수 없다

걸림 없이
살아갈 수 있다면
어디에도
걸쳐있지 않다면

그러나
몸 모양으로는
허공을 볼 수 없다

한 사람아,
너로 하여
선 자리에 매달려 있는 나
어쩔 수 없다

봄비 속에서

짙은 구름
어둠을 불러 쌓이고

밖에서는
비가 없는 듯이 내리고

그대 떠나는 뒷모습
그림자마저 지워지나니

어느 빛이 남아 있어
그림자를 분별할 수 있을까

아주 오래 지나도
만나기 어려운 눈물만 가득하네

갈망 한 마당

보이지 않는
머언 그대와
붉은 노을로 만나다가

빈 하늘을
향하여 혼자서
무한히 손짓하다가

결국 활활
불타고 만
갈망 한 마당

결국
어둠을 일구어
깊이 잠기고 말았네

바람 부는 날에는

바람 부는 날에는
바람 불지 않는 날이 그립다

하루에도 몇 번씩
가는 길을 잊어버리자

해 저무는 하늘을
우러러보면서 길을 걷는다

아직도 처녀지에 머물러
불타는 얼굴

아무 것
변한 것이 없는데

흔들리며 길을 걷는 데는
또 몇 주가 걸릴지 모른다

바람 불지 않는 날에는
바람 부는 날이 그립다

신神의 신[靴]을 기다리며

참으로
먼 길을 걸어왔다
이 지독하고
어찔한
어둠 속을 헤매면서
마침내 발견해 낸 길은
흙속에서 만난 죽음이었다
한 알의 씨앗으로
부활의 길을 이루도록

그렇게
신神은 나에게
한 켤레
신[靴]을 사랑으로 주었다

신[靴]의 소모가
길 위에서 다할 무렵
가야할 길은
언제나 순간이었다
신神의 신[靴]을

기다리며, 또 다시
먼 길을 준비해야 했다

순간의 길 위에는
어떠한 시간도 공간도
존재하지 않았다

실연失戀

그대
내민 손길
그 따스함 때문에
그 부드러움 때문에
겉으로 드러난 것 하나
용서 받지 못한 채
난 그만
꽃 한 송이로
서슴없이 꺾이어
시들어져 가야만 할까요?

어떤 사랑

맑은
물 속에
하얀 조약돌
— 하나, 둘
꼬옥 숨어있었다

아무 것도 들어 있지 않은
산골짜기

오늘 아침
햇살이 따라 오른
맑은 물 속
조약돌, 하나
보이지 않았다.

선택選擇에 대하여

한 여자가
길을 가고 있다
그림자 하나 단 채로
무수한 길을 가고 있다

길을 가려면
먼저 침묵이고 싶다
낯선 사람과 함께 있으면, 그저
자꾸만 강물처럼 흔들리는 여자는

단단한 침묵을
한 번 깨뜨리고 나면
눈매가 새벽 이승처럼 깨어있는
그런 사람과 만나고 싶다
그런 영혼과 만나고 싶다

한 여인이 길을 가고 있다
길은 시방 세 갈래길
그림자 하나, 오직
무구한 동행을 꿈꾸고 싶다

촛불 하나로

촛불을 켜서
어둠을 밝힐 수 없다

고인 촛농을 떨어뜨려
어둠을 물릴 수 없다

해 지고 바람 불어
믿음으로 보는 그대로
밤은 자꾸만 깊어 가는데

소나무 잣나무가 각각
한 몸임을 밝힐 수 있을까

두 몸이 하나 되는 어둠을
촛불 하나로 밝힐 수 없다

제3부

가까운 것은 보이지 않는다

물은 안다

물은 소리하며
아래로 흐르는 길이
이정표 없이 가는데도
바다에 이른다는 것을 안다

바다에 닿아
저 멀리 뉘엿뉘엿
배 한 척 이우는 곳이
바로 수평임을 안다

가슴에
섬 하나 안고
발을 씻으며
때로는 귀를 씻으며

출렁이며 흔들리며
한 세상 살아가다 보면
마땅히 흐를 길로 흐르는 게
스스로 얻은 수평임을 안다

허공의 새

잠에서 깨어난 새는
잠자리에 머물지 않고
스스럽게* 일어나
집을 떠난다

한 마리의 새

집을 떠나
허공에서 보이지 않는
길을 따라 날아간다

양 날갯죽지 위에
아무 것도 얹지 않고
아무 것도 바라지도 않고

집을 떠난 새

그래서 허공의 새는
나르는 순간이 자유롭다
허공에서는 어제도

내일도 존재하지 않는다

* 스스럽다 : 조심스럽다.

탐욕貪慾에 대하여

신이 나에게 주신
가장 큰 자유는 선택이다
많은 것 중에서 오직 하나
가장 아름다운 향기를 선택하는 순간
가장 향기로운 꽃과의 동행을 포기해버리면서
또 다시 나에게 주어지는 자유, 그 선택
신이 나에게 내려주신 또 하나
자유에의 복종으로, 나는
항상 배부른 종말을 향하여 살아간다

부적符籍

시골에서 부쳐온 부적을
가슴 깊이 품었다

　도저히 믿어지지 않았다. 물낯에 비춰 어른어른한 산 그림자. 골짜구니의 물이 물 속 깊이에서 물낯 위로 치솟아 오르더니 물방울이 마구 튕겨져 나오고, 높이높이 흐르던 하늘의 구름 무리들이 물 속 깊이 잠기여 유유히 흘러가면서 마침내 하늘빛으로 물들어 버렸다. 물속에서도 분명히 2만 2,000 볼트의 고압선이 길게 드리워져 있는 것을 확인하고는 소스라치게 놀라,

내 가슴속의 부적을 부여잡았다

낮도 밤도 아닌 빈 방안의 어둠

밖엔 바람이 불고
비가 오고 있었다

소유所有에 대하여

간간하게 젖어오는 바람, 혹은
길섶의 메마른 풀꽃 향기라든가
제멋대로 뒹구는 낙엽의 무게
저물녘의 겨울햇살 앞에서
소유는 황홀하게 시작되고 있었다

웅크렸던 이야기를
조곤조곤 꺼내 놓기까지
겨울바다는 주체할 수 없이 출렁이고

오랜 동안 고여 있던
침묵의 깊이, 인내하며 억제하며
때로는 쉴 사이 없이 부정하며
얼마나 많은 거리로 살아 왔던가?

문득 고개 들면
겨울 하늘에는 구름 한 조각
노을에 깃들어 서서히 붉어져 가고

그립다, 두 손을 내밀면

거칠게 일어서는 겨울 바다
소유로부터 멀리 달아나고 있었다
흰 거품을 내뿜으며
뒤채이는 밤으로 젖어들고 있었다

물고기는 때를 벗지 않는다

나의 길은
언제나 물의 길이다
모자를 벗어 하늘을 굽어보면
나의 길은 이미 없고
낯선 새 길 하나 출렁인다

바람이 소리 없이 와서
그림자도 없이
물낯 위에 그냥 있다가
말없이 흔들리다 가는 것처럼

누군가가 걸었던 길
어느 한순간에 잃어버리고
결국에는 영영 잃어버리고야 마는
또 다른 길 하나 애태워 마련하고

흐르는 물을 굽어보면
천상의 구름이 흔들리며 길을 가고
지상의 멀쩡한 나무들이 들어와 박혀
더불어 흔들리는 것을 보면

길이란 길로 이어져 흔들리는 것
그래서일까, 물고기는
제 길을 만들어 놓지 않는다
새로운 길도 없이, 물고기는 아예
물속에 때를 벗지 않는다

신神의 기록記錄

신이 이 지상을 창조할 적에
흙은 파운데이션*
뿌리를 가진 것들이 몰려와
땅 속 깊이 곧은 뿌리를 내린다.
뿌리를 가진 것들이란
맨 처음의 자리만 차지할 뿐
바로 그 자리는 언제나
지상의 낙원이 된다

온갖 기고, 날고, 걷고 하는
무리들이 몰려든다
뿌리가 없는
그 무리들에게는
맨 처음의 자리가 없다
바꿀수록 새로워지는 자리
자리가 새로워질수록 피를 부른다
피가 더울수록
점점 더 붉어지는
지상의 흙 한 줌

한 줌의 흙을 지켜오던
신은 다음과 같이 기록했다
— 지상은
인간의 무리로 가득하다

가까운 것은 보이지 않는다

가까운 것은 보이지 않는다
헤진 구두를 굽어보면서
먼 곳으로 자꾸만
넓어지는 시야視野

곁에 있어 주거나
제대로 챙겨주는 사람이 없어도
시야는 어제의 달처럼
자꾸만 앞을 보며 달린다

삶이란 잦은 만남이나
헤어지지 아니하고
고귀한 가슴으로 마주하여
서로의 빈자리를 채워주는 것

생각이 자꾸만
나로부터 멀어지기 시작하면
가까운 것은, 더욱,
분명히 보이지 않는데

달이 그믐을 향하면
이지러진다는 걸
왜 모르는 척 살아갈까
왜 굳이 외면하면서 살아갈까

갈대숲은 흔들릴 때마다 눈부시다

갈대숲에
구름을 벗어난
햇살이 와르르 쏟아진다

내일을
염려하지 않는 갈대는
흐르는 물을 떠나지 않고

이따금 바람
지나는 갈대숲은
흔들릴 때마다 눈부시다

뿌리찾기

뿌리를 볼 줄 아는 사람이
고여 있는 물 위에 서면
자기 자신을 돌아볼 줄 알게 된다
누가 고여 있는 물은 썩는다고 했던가
수면 위에 달마처럼 서서
물 속 깊이에
서 있는 그대로 내리고 있는 뿌리
뿌리 둘레에도 하늘이 있고
잎을 흔들어대는 바람이 있고
끊임없이 구름이 흘러가고 있다
근본을 툭툭 털어내면
털어낼수록 점점점 흐려지는 물
홀가분하게 모든 걸 털어내다 보면
주상절리처럼 현란하게 살아온 것이
뿌리처럼 물속에 번져 있는 게 보인다
고여 있는 물 위에
파르르 떨고 있는 옷자락
햇살처럼 그림자가 출렁인다

길 가는 법

길을 가는 데는
곧장 질러서 가지 말고
비잉 돌아서 가기
굳이 다리를 건너지 말고
발목을 걷고
징검징검 물방울 튕기며
내를 건너가지 말고,
재를 넘어가는 구름을 만나거든
노친네* 딸네집에 들렀다가
좀처럼 떨어지지 않는 발길처럼
천천히, 아주 천천히
구름의 그늘을 밟으며
돌아서 재 넘어가기
때때로 눈물 찍어
발등을 적시는 일이 있더라도
어차피 가야할 길
빙 돌아서 가다보면
눈물 마를 시간은
넉넉히 준비되어 있는 것
그렇게 길을 가는 데는

비잉,
돌아서 가기

* 노친내 : '노파' 의 방언

주점酒店에서

일어서고자 하나
일어서지 못하고 있는데
저 큰 산이 왜 분노하고 있는가
풀벌레 떼 지어 울고 있더니
골짜기 물 식식거리며 흐르고
큰 산은 노기등등怒氣騰騰 얼굴을 붉혔다

지나는 한 줄기 바람이
분노하는 방법을 깨닫고 있다면
큰 산 아래 집을 짓고 사는 나는
어느 정도의 기쁨과
평화를 얻을 수 있음이 분명하다

분노의 힘으로
무엇인가를 얻으면서
남아 있는 햇살을 등에 진 채
가을꽃 피는 것을 보다가
얼굴을 보듬다가 보면
분노는 비로소 내 안에 있음을 안다

나에게도 분노가 일어난다면
내 몸에 드리워진 그림자
내 안의 가을을 거부할 수 있을까
날이 저물고 어둠이 오면
큰 술잔에 소리할 수 있을까

일어서고자 하나
일어서지 못하고 있는 주막
풀버레 소리 스쳐 지나듯
개울이 한층 가을물로 맑아가는데
얼굴 붉힌 저 큰 산만은 왜,
왜 자꾸만 세상을 분노하고 있는가

별 1

내 마음과
네 마음이 따로 있지 아니하고

뜨거운 인정이
아무런 구애를 받지 않고 솟아오를 때

어두운 자리마다
어엿하게 의지하여 자라난 빛

경계를 바로하여
항상 꽃을 피우고 열매를 맺는다

별 2

어둔 밤
별로 향하는
길은 보이지 않는다

지금 나의 몸은
어디에가 묻혀 있는가

우주에는
끝도 갓도 없이
언제나 무량무변無量無邊

아무 것도
들어있는 게 없이
눈앞에 나타나 보이는

내 안 본래의 자리를
어디에 가 펼 수 있는가

하늘의 별은
아름답다 어둠에 묻힌
자리는 더욱 더 눈부시다

난蘭 앞에서

우리에게
가장 필요한 것은
휴식입니다

지금 이대로
창가에 내려앉아
은은하게 피어오르는
본래의 향기

하늘 아래
어디로 가서
다시 맛볼 수 있으랴

작은 무리 앞에
웃음을 보이기보다는
굴욕의 아침을 기다리기로
또 다른 죄의 사함을 받은 채로

지금 이대로가
충분합니다.

하려고 하는 마음
되려고 하는 마음을 내려놓고

그냥 푹, 쉬면
되는 것입니다.
그게 가장 잘하는 일입니다.

필요한 좌절

내 마음은 바람 따라
자꾸만 움직이고
바람의 방향은
우듬지의 흔들림을 따른다
일었던 먼지는
결국 먼지로 다시 가라앉고
내 몸은 이도 저도 아닌 채로
선 자리 그대로 서서
바람만 바라본다

하루가
지나가는 동안
내 마음은 끼니를 모르는데
내 몸은 끊임없이 요동하면서
왜 시장기를 부르고
흐르는 시간 앞에서
왜 방향을 잃어가는 것일까

잃는다는 것은
소유로부터 자유롭다는 것

필요한 것은
아무것도 없다
살아 있으면 그뿐
눈물을 아는 자만이
흐르는 눈물을 멈출 수 있다

매일 밤
가슴으로 품으면서도
얼굴을 볼 수 없는 내 여인아
좌절이 필요한 시각
하늘은 또 열리고,
나는 열린 하늘 아래
먼지처럼 내려 앉아
바람의 방향을 좇아야했다
그렇게 바라보아야했다

물발자국

하늘을 나는 새가
깃털 하나 떨어뜨리자, 저수지에는
떨어진 자리를 중심으로
동그란 물발자국이 일었다가
사라지고, 이윽고 보이지 않는다
깃털을 저수지가
이미 삼켜버린 탓이다

손 비벼 씻을 때에도
피어나던
동그란 물발자국
몇 번 출렁이더니
어디에서도 찾아볼 수 없다

나 홀로 저주지 위로
보일 듯 말 듯 서 있는 그림자

저수지는 여전히
물발자국이 출렁인다
지워져도 지워지지 않는 물발자국

일렬횡대로 절서 정연한 것은
바람 탓이라 한다

바람은 보이지 않는 것
보이지 않는 것이
보이는 것으로
보이는 것이
보이지 않는 정연한 질서로

내 그림자를
저수지에 띄워보지만
물발자국은 나를 밟고
그냥 출렁일 뿐이다

뒤늦은 여여如如

어둠 깊은 허공
커단 빛덩이 하나
날아다녔다
반딧불이라 했다

밝은 대낮에
다슬기를 잡다가
하천 풀섶에서
그 놈을 만났다

불과 10여㎜나 될까
그 작은 몸뚱이로
그토록 빛덩이를 내던져
어둠을 밝혀주다니

빛을 보는 것처럼
어둠을 바로 보는 데도
두 눈이 필요하다는 걸
처음 알았다

* 평범함 속에서 비범함을 발견하는 것을 부처는 '여여(如如, tathata)'라 한다.

보푸라기에 대하여

바람 한 점이 없는데도
길가의 코스모스가
자전거바퀴에 휩쓸려 흔들렸다
승용차 한 대 지나갈 때마다
양 어깨가 휘둘리더니
버스가 지나가면서 아픈 허리가 도졌다
마침내 모래를 가득 싣고
내달리는 덤프트럭 한 대,
뿌리가 뽑힐 듯하다가 간신히
풍선 터지듯 꽃봉오리 하나 터져
찍, 물방울을 튕기고 말았다
소중한 꽃대를 부러뜨리고 말았다

세상은 바람으로만 흔들리는 게
아니다 소망하는 데에서
쉽게 무너져 무수히 돋아난
그 보푸라기들

나는 내 몸체의 흔들림에서
숱하게 돋아나 있는 보푸라기를 보았다

하늘 아래 빛을 내는
가위를 집어 잘라내려다가, 나는 그만
온몸을 바르르 떨고 말았다

길

길을 걷다 보면
알게 된다
아무리 걷고 걸어도
끝이 없다는 걸

딸아이의 기쁜 일도 잠시
쉬다 보면, 또 다시
길 위에 서 있다

그렇다, 산다는 것은
평생 걸을 길을 가진다는 것
그것을 깨닫다 보면

잘못 든 길 위에서
봄꽃 진자리에 맺은 열매
툭 ㅡ, 떨어진다는 걸 알게 된다
다시 꽃 피어나는 걸 보게 된다

가을 앞에서

먼 길로 가는 길은
항상 곁에 놓여 있다
자벌레처럼 구부리지 않고
한 뼘 한 뼘 손을 펼쳐
허공으로 뻗는 호박넝쿨
하늘을 우러르다 보면
가을로 가는 길은
더욱 더 높이를 더한다
그래, 생각의 통로를 서서히 열고
두 손 모아 치렁치렁 이슬 받은
아침이 오면
간밤에 넉넉하게 흘린
식은땀 같은 꿈으로 피워낸
샛노란 호박 꽃송이들
햇살을 모아
깊이깊이 꿀샘을 판다
벌떼를 불러들이는 마음으로
가을을 기다리는 마음으로

제4부

그러나

확인

벽을 타고 올라가는 걸
조금도 힘들어 할 필요는 없다
그것이
초가집 흙벽이거나
벽돌로 쌓아올린 시멘트벽이거나
교도소의 푸른 담벼락이거나
철조망을 뒤집어 쓴
다마多魔스런 저택의 성벽이거나
담쟁이넝쿨처럼
기어올라 넘겨 볼 수 있는
자유는 얼마든지 있다

그 자유야말로
나 홀로 당당히
누릴 수 있는
영어囹圄의 몸, 확인이 아니겠는가?

목숨의 끝

산성비가
많이 내린 해일수록
솔방울이 많이 열린다

목숨의 끝은
화려하다

콜라를 마시고

반쯤 따라
콜라를 마시고
목마름에서 속 시원히 벗어나는가 싶더니

갑자기
콜라병에서 일어서는
갈증의 흰거품

단 한 번도
겉으로 드러난 적이 없는
천연스런
내 일상의 죄값

그러나

길을
아는 사람만이
길을 묻는다

그러나

허중虛中*을
나는 새는 결코
길을 묻지 않는다

* 虛中有實(허중유실), 즉 허한 가운데 실함이 있다는 뜻으로, 虛中(허중)이란 마음속의 욕심을 버리고 중심을 잡는다는 의미로 썼다.
— 『格庵遺錄(격암유록)』에서

별 하나

소쩍새는
밤이 어둠이라
밤새워 울었다

딸아이가
자정이 되도록
돌아오지 않는 밤

내게
눈에 띄게
홀로 빛나는 것

밤이
깊어갈수록 별 하나
제 빛으로 수은주를 내렸다

피리소리

피리소리가
왜 그리
맑은 줄을 아는가

대나무는
점점 자라면서
속을 크게 비운다

대오大悟

고개
숙이면

하늘을
안다

호수 밑에
고이는

마알간
가을

부끄러움에 대하여

부끄러움이란
자신을 비추어 본다는 것
아침마다 거울 앞에 선
묵언默言, 남모르게 간직하였던 것들은
다 어디로 갔나

오늘 아침
창문을 여는데
햇살이 먼저
쏜 살 같이 들어와도
방 안에는 아무런 일이 없다

보아도 보이지 않는
일상의 구름은 흘러가고
그 구름 밑으로는
새 옷을 입은 사람보다
그래도, 묵은 사람이 좋다

부끄러움이란
함께 걷는 사람들 사이에서

슬픔이지 않으려는 몸짓
내 얼굴보다
네 얼굴을 먼저 바라보리라

눈으로 빛을 맞고
귀로 소리를 새기며
살아가고 싶다
그렇게,
사람들을 만나고 싶다

* 묵언默言 : 말없이 잠잠한 모양

먹장구름

지금은
하늘을 가린 채
어둠으로 세상을 동여매고 있지만
머잖아 땅을 치는
큰 소리로 울부짖다가
두 눈 번쩍이다가
참회의 눈물을 쏟아낼 게다

알몸으로도
정도正道가 될 수 없는
이 미치게 뜨거운 여름을 나는 데는

등불 아래에서

한 순간의
뜨거움을 위해서는

하루살이

주어진 일생에
어떠한 문제도 없다

물고기

물고기는
언제나 물속에서
몸을 닦는다

아무리
흐린 물이라도
몸을 옮기지 아니하고

지상의
햇살 아래
눈부신 보석이 된다

거울 1

가슴에
품고 있는 게
아무것도 없는

텅 비어있는
비존재로의
저, 엄연한 존재

거울의 아침은
내려놓는 햇살에
분명한 동자부처*가 된다

* 동자瞳子부처 : 눈동자에 비쳐 나타나는 사람의 형상. 눈부처.

거울 앞에서

내 안에 잠들어 있는
또 다른 나를 바라볼수록
나를 알 수 없으니
덥석 안아볼 수 없으니
매양 찾아 나설 수밖에 없다

바람 부는 가을 어느 날
떨어질 자리 미리 점치지 못하고
이리저리 뒹굴다가
울타리 밑 삭정이에 멈춰버린
가랑잎 하나처럼

거울 속의 또 다른 나
울다가 웃다가
웃다가 울어대며
하루에도 수없이 뒹구는 나
과연 어느 곳에나 멈추게 될까

내가 나에게
손을 내밀어 당기면

맞서 겨루게 되는 팽팽한 접전
전에 보지 못한
불륜한 미끼 하나가 요긴해진다

기도祈禱

아직도
머물러 있는
무량無量

하나가 아닌
두 손으로 모으는
무량無量 무無

깊은 밤, 문득

깊은 밤
잠 오지 않는 날들이
갑자기 많아졌다

무엇인가 자꾸
찾아 나서기도 하고
무언가를 하려고
무엇이 되려고만 했다

때때로
어떻게 하면 잘 할까
어떻게 하면
아무것도 하지 않을 수 있을까

짧은 여름밤
빗소리가 커지면서
바람소리가 들릴락말락했다

노을 앞에서

태어날 때의
고운 모습
자랑으로 삼지 말자
태어나 가진 것
다 앗기고
산을 넘어 강을 건너
한낮의 불이었다가
핏기 잃은 얼굴이었다가
태어날 때의
그 모습, 하루의 끝에서
되찾을지니
되찾아 곧
사라지고 말지니

맹아萌芽

태어나서
살아가는 곡소리를
자주 듣게 되면

나는 또
곡소리 연습으로
매일매일 다시 태어난다

* 곡哭 : 소리 내어 욺

마네킹

강은
잠시도 쉬지 않고
끊임없이 흐르고 있는데

단 한 번도
바다는 흐르는 모습을
보여주지 않는다

밑동을 보며

베어내고 남은
커다란 나무의 밑동
그 단면에서
긴 세월이 썩어가고 있었다

순간, 나는
그 밑동 속에서
수없이 돋아나고 있는
내 몸의 푸른 이끼를 보았다

흐름에 대하여 2

흐른다는 것은
바른 길로 간다는 것이다
봄철 내내 흐르고 흘러
축복의 꽃잎이 뿌려지는 가운데
결국 바다로 가는 물은
바른 길이 아니면 모든 길을 내놓는다

흘러가는데 어느
마뜩잖다는 반응을 보일 수 있으랴.
그치지 않는 흐름을
시위로 열어놓고 나면 물은
무한無限으로 가는
중용中庸

흐린 흙을 거부할 수 있으랴
모난 돌을 거절할 수 있으랴
몸에 품고 다스리는
어리석음도
지혜 못지않은 흐름이 된다
강 하구마다 펼쳐지는 기름진 경전經田

흐름에는
애초부터 최대가 아니라
최소만이 최고가 된다
흐르고 흘러
바다에 바쳐지는 물의 포용
신들에게 제물을 바치는 이유가 된다

흐름으로 출렁이는
물결의 바다 앞에 선다
낮달이 내려와 바다에 잠긴다
그러나 낮달은 하늘을 벗어나지 않는다
꽃잎인 양 흰구름 한 떼가
푸른 하늘에서 끊임없이 내려앉는다

벽壁

빈 하늘로
철새떼들이 날아간다

길은 끝이 없다

지상에서부터
빈 하늘에 이르기까지
지나온 길을 보이지 않았다

아무것도 잃어버린 것이
없다

오히려
참 많은 자유를 준다

제5부

아침 일곱시 반

목소리 홀로

사람들
무리지어
어깨 툭툭 건드리며
분주히 오가고

눈으로
소리를 들어보면
비로소
아침을 알게 된다

목소리 홀로

무리 진
사람들 사이
길섶 풀잎 위에
이슬 오롯이 고이듯

눈부신 햇살 뒤
침묵은 금이 아니라
차곡차곡 쌓여지는
빛이었다

아침에

어둠을 씻어낸
눈부신 빛

내미는 손에는
멈춤이 없다

천 길 낭떠러지
아파트, 그 수직의 벽

필사적으로 기어오르는
담쟁이 넝쿨손

맺힌 이슬방울마다
햇살 가득 품고 있다

전화벨 소리

전화벨 울리는
신새벽은 두려워진다
가위눌림에서 빠져 나와
밤새워 시달리게 하는
신새벽에는
아내의 잠부터 깨워야 한다

아내는 시골의 시댁으로
늙으신 아버님께
나는 도시의 처가로
장모님께 안부를 묻는다

어쩌다 몇 날째
전화 한 번 못했었구나
닭 우는 소리조차 들리지 않는
도시도 시골도 아닌 이곳
햇살 간절히 기다리게 하는 신새벽에는
먼 데 전화벨 소리가 기다려진다

안개 속에서

맹목으로 치달아
길을 열어 나서자
온 누리에 무거운 안개가 떴다
흔히 보기도 하고
볼 수도 있는 일이었지만
세상을 바로 볼 수 없다는 부끄러움도
안개 속에서는 참아낼 수 있었다
속이 찬 아름다움은
허술한 옷차림으로 바꿀 수 없을 텐데
어디선가 새 한 마리 날아와
나뭇가지 위에서 재잘거리기 시작했다
안개 가득가득 피고 넘쳐서
문득 등짐 진 무게마저 잊어버리고 말았다
짐을 위해서는
정신 차려 머뭇거리다 보면
길은 이미 천리나 틀어져버렸다
필요한 만큼
거리를 두어야했다
안개 속 어디에서인지
두런두런 아침이 열리고 있었다

세수洗手에 대하여

음지와 양지가 없는
땅 한 조각

소리를 질러도
메아리가 울리지 않는

얼굴에는
깊은 골짜기가 있다

막내를 깨우며

막내야, 오늘 아침에도 너를
노곤한 식전잠에서부터
흔들어 깨워야 하겠구나

간 밤, 네 주위에
흔들리며 몰려왔던 어둠을
하늘빛으로 소리치며 쫓아야 하겠구나

아장아장 네 다리로
온 방안을 휘젓고 다니며
나의 잠을 설치게 했던 내 막내야

어느덧 나는
식전잠을 잊으며 살 만큼
나이에 들어 있고
너로 하여금 오직
내 눈에는 내일의 빛이 있어
나는 오늘도 창밖의 새떼들을 불러들인단다

내 팔에 안겨

꽃 피우며 자라왔는데
자꾸만 열매로 가려는 우리 막내야

새

새 한 마리
눈을 떴다

아파트 창밖으로는
어염집이 가득하고

간밤의 어둠을 태우고 남은 자리
햇살을 지펴 피어오르는 소리

잠깐 사이 온 누리 그윽한
지성도 이성도 벗을 수 있겠구나

한순간만이라도
가슴 깊이 흐르게 할 수만 있다면

더운 피를 마음대로
쏟아낼 수만 있다면

나무 끝가지 파르르 떠는
어혈진 목소리

천만 번 어둠을 다듬어
아침을 여는 한 마리의 새

간유리 너머로

짙은 안개 속에서
잃어버린 시력을 회복해가는 날에
어찌 고민을 가지거나
고통을 나누려는 사람이 있으랴
밤이면 밤마다 서로 헤어진 뒤
안개 사이로 만나는 사람이 있으랴
실패에는 언제나 용서가 없다
더욱 더 그리워지고 그리워지는
한 생명의 그림자를 울게 할 수는 없다
이름을 감추고 자화상을 숨겨두고
한 마리 비둘기처럼 회색빛으로 젖어 있다
오오, 나는 지금 간유리 너머로
반드시 넘어야 할 이 아침을
확인하고 있는 것인가

세수洗手를 하며

아침마다 저녁마다
거품을 일구어
얼굴을 닦아내는 게 우습다

거품으로 닦아내고
거울 앞에서 다시 씻어내는
얼굴이 우습다

살아가는 무게만큼
아침 저녁으로
일상을 닦아내고 씻어내고

허울 좋은 햇살처럼
입을 굳게 다문 침묵으로
아내는 식구들 눈앞에 섰다

그리고, 이따금 아내는
간밤의 꿈속에서
친정 소식을 듣고 울었다

입춘立春에 대하여

까마득히
먼 곳에서 들려오는 소리

그동안에
얼마나많은비가내리고바람이불고눈보라가치고
무리진구름오고갔던가

여기저기서 조근조근
몸을 받아 내고 있는 소리

어저께부터 이른 아침
옆집 할아버지가 마당을 쓸고 있다

아침식탁에서

매일매일 그 자리
되풀이로 만나는 사람들끼리

간밤내 나누었던 미덥지 않은 말과
꿈꾸었던 군말들이라도 모으고 모으다 보면

뜨겁게 뜨겁게 가슴에 들어와 박히는
이런 말들이 이 세상에 또 있을까요?

식탁에 둘러 앉아 있으면
무엇이 북소리고 징소린지 모르겠지만

허구헌 날 헛장만* 치면서도
길을 묻고 대답하다 보면

그 길은 오직 하나
언제나 들꽃이 가득가득 깔립니다

* 헛장치다 : 풍을 치며 큰 소리를 치다

조간신문朝刊新聞을 펼치며

세 딸들에게 어제같이
세상의 불신不信을 가르친다
조간을 펼치며, 내가
세 딸들을 키우며 지켜줄 수 있는 것은
겨우내 눈 녹여 흐르는 물소리로도
오는 봄의 기쁨으로도
넉넉히 할 수가 없다
밤 새워 앓아온
내 병을 온몸으로 다스리다가
창 밖에서 푸른빛으로 싹 틔우는
마른 가지를 보고도
나는 어린 세 딸들에게
겨우 눈물밖에 보여줄 수 없다
이러다가 언젠가는
슬퍼하는 정情까지도
도무지 잃어버리게 될까 두렵다

야간자습 마친 여고생 납치
윤락가에 팔아 넘긴듯, 경찰 수사 오리무중

바람 속에

출근을 하려고
문을 열다가
어제의 바람을 만났다
그러고 보니
문밖에서 만나는 건
매일매일의 같은 바람뿐
생각보다도 엄청나게 만나왔구나
그런데도 이제까지
아무 것도 변한 게 없다

— 신기했다

"다녀오세요"라는
아내의 목소리가 오늘도
바람 속에 묻혀 버렸다

골목 아침

옆집과 우리 집 사이
골목은 아침마다, 또 하루
챙겨야 할 햇살로 넘쳐난다

모든 얼굴들은
거울 속처럼 보이는데

사방이 꽉 막혀
어디로 뚫고 나가야 할까
무겁게 골목을 노려보고 있으면

닭 한 마리 울지 않는
울어줄 닭 한 마리 보이지 않는
새벽은 언제나처럼
마지막 어둠을 끝내 제쳐버린다

간밤에 마신 술기운이
몸 밖으로 빠져나오지 못한 사람들
이제 점검할 틈도 없어진다

중심을 잡고 끄떡 않은 채
사람들의 행렬은 다시 시작되는데

옆집과 우리 집 사이
골목골목 겹으로 쌓인 햇살들이
용수철처럼 팍팍 튀어 오른다.

아침 일곱 시 반

커피를 마시며 곧 헤어질
오늘 하루의 아내와 만난다

하나 된 인연으로
얼굴을 익히며 몸과 마음으로
천년을 움직이기고도 남을
쓰디 쓴 기쁨의 이별을 준비한다

아내는 아내대로
나는 나대로 갈 길을 가야할 시간
자신 있게 떠나보내고 나면
의심하는 것보다 서로를
믿는 것이 그렇게도 쉬운 일이로구나

잠들기 전
혹은 잠에서 깨어나서야
뜬눈으로 마주하는 데는 겨우 서너 시간
하루 이십 사 분의 삼 · 사를 위하여
눈물 없이 맞아야 할 아침 일곱 시 반

출근 전
아내와 한 잔의 커피를 마시며
신앙같은 이별의 만남을 다짐한다

저물 무렵

옆집 아저씨가
저물 무렵
닭의 모가지를 비틀고 있다

두 다리를
축 늘어뜨리기 전에
닭은 한 번 땅을 박차고 일어설 때

추락하는 햇살이
서쪽 하늘에서 용쓰듯
새빨갛게 타오르고 있었다

조화造花

바람에 섞이어
아침을 가르며 들려오는
귀를 찢어대는 경적警笛 소리

신이여
이 죄를 받아주소서

하늘에는 햇살이 돌고
지나는 구름 스스럼없어도

오늘도 안간힘을 쓰며
구두끈을 조이고는

머리를 짓누른 채
그냥 걸음을 떼기 시작하며
거짓된 웃음을 준비할 수밖에 없습니다

출근을 하며

나는 지금
어디로 흘러가는 것일까

아리한* 숨소리를
듣고 싶었다

가야할 길은
끝을 보이지 않고

값진 하루의 시작이고 싶다며
나의 그림자를 굽어보는데

나는 내 그림자를
스스로 밟고 있었다

하늘 아래로 흐르는
바람 한 줄기

흘러오고, 흘러 간 곳이

모두 빈터로 남았다

* 아리하다 : 톡톡 쏘는 것 같이 알알하다

귀로歸路

길은
언제 어디서나
끝을 내보이지 아니하고
길답게 길게 이어져 있다

맑은 물에 젖어
속알맹이까지
온갖 잡것들까지
서슴없이 드러내 보이고 있는

길은 여전히
길답게 늘어서 있다

천 년 지나
만 년을 가려도
길은 처음만 드러내놓고

끝이 보이지 않는 길

들리지

않는 것까지
모두 다 듣고 나서
안 보이는 것까지 보고 나서

캄캄한 밤
사랑하는 사람과 헤어지고
구하지 못하는 괴로움
모든 길은 끝을 보이지 않는다

다시, 목소리 홀로

요즈음 들어
내 스스로 묻고
내 스스로 대답할 일들이
갑자기 많아졌다

한밤중에 이르러서야
쓸쓸히 확인되는 어둠

아무런 죄지음도 없는데
무언가 감추며 감추어 가며
얼마나 가슴 조이기로 살아 왔던가

휴식이라곤 없이
아직도 물어야 하고
대답하여야 할 것들이
많은 길로 확인되어 있는데

아, 이제까지 이르지 못한
무수한 것들이
또 다시, 목소리 홀로

쓸쓸히 확인되는 어둠 속

허공과 같은 마음이라면
내 벽을 허물어 버리면
항상하는 것이 없듯이
나를 어찌 하지 못하여 아름답다

한 잔 물을 마시며

한 잔 물을 마시며
물의 무게를 만난다

식도로 흘러내리는
물의 뼈
물의 살
그리고, 물의 피

물이 흐르고 흘러내려
하나의 생명을 이룰 때
확인과 인과에 의지하지 않은
어둠이 깨지고, 빛이 깨어나고

한 잔의 물을 마시며
아무런 걸림이 없이
그동안 보이던 헛꽃으로부터
모든 것이 분명해짐을 안다

[해설]

빛과 어둠의 변증법, 그 매혹의 미끼 상선약수上善若水

송 기 한(대전대 국문과 교수)

[해설]

빛과 어둠의 변증법, 그 매혹의 미끼 상선약수上善若水

송 기 한(대전대 국문과 교수)

1. 존재 완성의 길, 목마른 갈증

구재기 시인은 1978년 전봉건의 추천으로 《현대시학》에 등단한 이후 『모시올 사이로 바람이』를 비롯한 21권의 시집을 펴낸 바 있다. 그러니 이번에 상재하는 『목마르다』는 22권째의 시집이 된다. 전위적인 시 형식을 선호했던 전봉건의 경우와 달리 구재기 시인의 시들은 비교적 온건한 편이다. 아니 서정시가 요구하는 요건들을 충실히 지켜냄으로써 시인의 작품들은 전봉건의 경우와는 매우 다른 리리시즘을 구현해내고 있는 것이다. 그렇다고 전봉건 시인이 지향했던 시의 형식과 내용으로부터 완전히 자유롭다고 보기도 어려운데, 가령, 「첫만남」의 경우에서 보듯 시 형식에 대한 적극적 실험 의식 등이 엿보이기 때문이다.

그러나 이런 영향관계에도 불구하고 전봉건과 구재기의 시들은 매우 다르다. 우선 체험의 영역과 이를 바탕으로 한 상상력의 파동, 그리고 시의 유기적 질서를 만들어내는 정서의 주름 등이 동일하지 않은 까닭이다.

구재기 시인은 오랜 교직 생활을 거쳤고, 지금은 고향의 산방 〈산애재蒜艾齋〉에서 새로운 서정을 모색하고 이를 자신의 시세계 속으로 계속 편입시키려고 노력하는 중이다. 아니 그러한 시도들이 이제 시작된 새로운 작업이라고는 할 수 없으며, 또 이전의 방식과, 질적 혹은 양적으로 다른 인식성에 바탕을 두고 있는 것도 아니다. 초기 시부터 구재기 시인이 꾸준히 관심을 두고 있었던 영역은 이른바 존재에 관한 물음들이었다. 시인이 사유하는 존재론적인 문제들은 고립적인 것이고, 폐쇄적인 것이었으며, 그런 유폐 상태로부터 탈출하고자 하는 노력들이 서정의 빈 공간을 틈틈이 메워오고 있었던 것이다. 등단 이후 수많은 시집을 통해서 존재에 관한 문제들을 모색하고, 그 완결된 모습이 무엇인가에 대한 치열한 탐색의 도정, 그것이 구재기 시인이 표명해왔던 서정의 진실이었다.

그러나 이런 도정이 결코 쉬운 일은 아니다. 수십 권의 시집을 통해서 얻어진, 가열한 정신의 고뇌 속에서도 고립의 문, 폐쇄의 문에서 시인은 결코 탈출하지 못한 까닭이다. 비교적 최근에 상재한 『추가 서면 시계도 선다』에서 시인이 모색했던 전략적 주제 역시 이른바 자유인에 대한 열망이었다. 그러나 그것은 희망의 차원에 그쳤을 뿐, 지금 여기의 현실, 자아가 생존하는 현재의 공간에서 실현되는 희열의 기쁨에까지는 이르지 못했다. 하기야 불구화된 정서, 원죄를 태생적으로 안고 지상에 우뚝 선 존재가 이런 감옥으로부터 벗어나는 것이 결코 녹록한 일은 아닐 것이다. 그것은 이루어내야 할 목표, 도달해야

만 하는 꿈으로 존재하는 것이기에 그러하다. 그런 맥락에서 이번 시집의 제목이 『목마르다』고 한 것은 매우 의미심장한 비유라 할 수 있다.

우물이 깊을수록
두레박의 끈은 길다
심한 목마름에
한 두레박의 물을 길어 올려도
목마름을 위해서는
한 모금의 물만 필요할 뿐

하늘의 구름 사이
밝은 달이 우물에 빠지면
그때마다 나는 급히 목마르다
서둘러 두레박을 내리지만
끈이 긴 두레박의 물은
쉽게 내 입술에 닿지 않는다

사랑하는 사람아
그대가 사랑한다는 말을
아무리 들려주어도, 쉽게
나의 목마름은 가시지 않는다
차라리 깊이 빠져드는
한 덩이 달이 되고 싶다

—「목마르다」 전문

인용시는 시집의 제목이기도 하거니와 시인이 이를 대표시로 했다는 것은 그만큼 이 작품의 시사하는 함의가 무척 크다는 것을 알 수 있다. 서정적 자아는 지금 심한 갈증의 상태에 놓여 있다. 그러나 이런 정서를 해소하는 데에는 연속되는 많은 양의 물이 필요한 것이 아니다. 갈증을 해소시켜줄 수 있는 한 모금의 물만 있으면 그만이다. 그러나 거기에 이르는 길이 물리적인 거리만큼이나 짧고 쉬운 것이 아니다. "끈이 긴 두레박의 물은/쉽게 내 입술에 닿지 않는" 까닭이다.

그럼에도 시인은 이에 이르려는 시도를 결코 포기하지 않는다. 사랑하는 사람에게 사랑한다는 말로 끊임없이 구걸하고, 그 말을 통해서 자신이 필요로 하는 갈증을 계속 채워나가려 하기 때문이다. 하지만 "나의 목마름은 가시지 않"은 채 계속 현재 진행형으로 남아 있다. 궁극에는 "차라리 깊이 빠져드는/한 덩이 달이 되고 싶다"고 함으로써 전일적인 합일의 상태에 이르고자 하는 성급한 갈증의 정서를 드러내기도 한다. 실상 이런 상태란 현실에서는 결코 일어날 수 없는 꿈에 불과할 뿐이다. 생물학적인 욕구에 의해 일어나는 갈증은 경우에 따라 쉽게 해소될 수 있을지도 모르겠다. 그러나 그 너머의 세계, 곧 정신의 영역에서 펼쳐지는 갈증은 물리적인 차원과는 전혀 다른 경우이기에 이에 이르는 길이란 매우 난망한 일이다.

「목마르다」가 이번 시집에서 갖는 상징성은 매우 크다. 시인은 분명 생물학적인 갈증을 느끼고 있지만, 그러나 이는 물이라는 물리적 대상만으론 결코 해소되지 않는 상태에 놓여 있다. 오랜 시작 생활을 통해서, 그리고 수많은 시편들을 통해서 시인은 자신이 지향하는 어떤 구경의 경지에 이르고자 했지만, 그것에 결코 도달하지 못하고 있다. 그래서 시인은 여전히 목이 마른 채 현재의 존재를 다시 되돌아보는 피드백 과정을 거치게 된다.

내 안에 잠들어 있는
또 다른 나를 바라볼수록
나를 알 수 없으니
덥석 안아볼 수 없으니
매양 찾아 나설 수밖에 없다

바람 부는 가을 어느 날
떨어질 자리 미리 점치지 못하고
이리저리 뒹굴다가
울타리 밑 삭정이에 멈춰버린
가랑잎 하나처럼

거울 속의 또 다른 나
울다가 웃다가
웃다가 울어대며
하루에도 수없이 뒹구는 나
과연 어느 곳에나 멈추게 될까

내가 나에게
손을 내밀어 당기면
맞서 겨루게 되는 팽팽한 접전
전에 보지 못한
불륜한 미끼 하나가 요긴해진다

—「거울 앞에서」 전문

이 작품은 이상의 「거울」을 연상시킨다. 본질적 자아와 현실적 자아와의 치열한 싸움이 결코 양보 없이 이루어진다. 그러나 이런 갈등과 싸움이 언제나 그러하듯 늘 평행선을 그린 채 끝나버린다. 만약 하나의 지점으로 합일된다면, 그것은 곧 절대적인 존재로 우뚝 서는 일이기 때문이다. 인간이 이 영역에까지 넘보는 것은 불가능한 일이다. 그렇다고 그 길로 향한 발걸음이 포기될 수도 없다. 그리하여 시인은 이상이 결코 생각해내지 못했던 매개 하나를 생각해낸다. 아마도 이 지점이 이상 시인과 구재기 시인을 분기시키는 지점이라 할 수 있는데, '불륜한 미끼' 가 바로 그것이다. 본질적 자아와 합일하고자 하는 현실적 자아의 노력이 이 '미끼' 를 찾아내어 던지는 행위이다. 불륜이나 미끼는 달콤하고 매혹적인 것이다. 합일될 수 없는 간극조차 이 '불륜의 미끼' 을 통해 넘볼 수 있다는 것이야말로 시인의 유쾌한 능력일 것이다. 그만큼 절묘한 상상력이라 할 수 있다.

그럼에도 그것은 유혹의 능력은 있을 뿐 이를 완전히 치유하고자 하는 매개는 되지 못한다. '불륜한 미끼' 는 요긴하지만 그것을 매개하는 일, 찾아내는 일은 쉽지 않은 까닭이다. 던져진 미끼를 잡을 것만 같은데, 자아 밖의 타자는 결코 잡지 않는 것이다. 자아의 동일성을 향한 시인의 여정은 이런 초조감의 반영이며, 그렇기에 이로 향하는 길에 대해 '목마른 갈증' 을 느끼게 된다.

시인으로 하여금 현재의 존재성, 곧 목마른 존재로 사유하게 된 토대는 대략 두 가지 방향에서 온 것으로 이해된다. 하나가 존재 자신의 것이라면, 다른 하나는 존재 밖의 것이다. 그러나 이 둘의 관계는 다른 듯하면서도 동일하다. 결국 하나의 뿌리에서 온 것이라고 해도 무방하지 않을까 한다. 존재의 불온성이 자신으로 향하는가 혹은 사회로 향하는가 하는 것은 결국 실존의 문제와 불가분하게 얽혀 있는 것이기 때문이다.

일어서고자 하나
일어서지 못하고 있는데
저 큰 산이 왜 분노하고 있는가
풀벌레 떼 지어 울고 있더니
골짜기 물 식식거리며 흐르고
큰 산은 노기등등怒氣騰騰 얼굴을 붉혔다

지나는 한 줄기 바람이
분노하는 방법을 깨닫고 있다면
큰 산 아래 집을 짓고 사는 나는
어느 정도의 기쁨과
평화를 얻을 수 있음이 분명하다

분노의 힘으로
무엇인가를 얻으면서
남아 있는 햇살을 등에 진 채
가을꽃 피는 것을 보다가
얼굴을 보듬다가 보면
분노는 비로소 내 안에 있음을 안다

나에게도 분노가 일어난다면
내 몸에 드리워진 그림자

내 안의 가을을 거부할 수 있을까
날이 저물고 어둠이 오면
큰 술잔에 소리할 수 있을까

일어서고자 하나
일어서지 못하고 있는 주막
풀벌레 소리 스쳐 지나듯
개울이 한층 가을물로 맑아가는데
얼굴 붉힌 저 큰 산만은 왜
왜 자꾸만 세상을 분노하고 있는가

—「주점에서」 전문

이 작품을 꼼꼼히 읽어보면 시인이 '목마르다' 고 외친 근거랄까 실체가 어느 정도 드러나 있음을 알게 된다. 뿐만 아니라 '목마름' 또한 두 가지 요인에 그 뿌리를 두고 있음도 알 수 있다. 동일성을 상실한 세계, 불온한 사회를 만들게 한 요인들에 대해 시인은 우선 '내 안' 에 있다고 이해한다. 그것이 바로 '분노' 의 정서이다. 이 작품에서는 이 정서를 불러일으키게끔 한 요인이 무엇인지 구체적으로 드러나 있지는 않지만 그것이 만들어낸 결과가 어떤 것인지에 대해서는 비교적 분명하게 나타나 있다. "내 몸에 드리워진 그림자"가 바로 그것이다. 그림자란 밝은 곳의 저편에 놓인, 시인에게는 시적 우울의 정서에 해당된다. 이런 감수성은 『목마르다』의 전략적 정서 내지 주도적 담론이거니와 이 그림자가 만들어내는 파동 역시 세상의 부정성이라는 데에는 이견이 없을 것이다.

세상을 구성하는 기본 단위들은 개개인의 사람들이다.

그런데 이런 개인들이 만들어낸 분노의 정서가 가득하기에 세상은 불온의 아우라로 뒤덮여 있다고 시인은 이해한다. 이런 음역들이 사회의 동일성을 훼손하고, 개인들 사이의 소통과 화해를 방해한다고 판단한다. 산이 분노하는 것은 이와 관련이 깊다. 산은 자연의 일부이지만, 형이상적인 관점에서는 동일성의 상징이다. 따라서 분노로 가득한 세상과, 질서로 표상되는 산의 존재가 양 끝의 지점에 서 있는 것은 당연한 것이거니와 조화와 이법을 담지한 산이 사회를 향해 계몽의 담론을 던지는 것 또한 충분히 이해할 만한 것이다.

깃털이란 깃털
모두 얼루기*인 새 한 마리
길가 큰 나무 밑에 떨어져 죽어 있다
부릅뜬 두 눈이
한 곳을 집요하게 붙들고 있는
몸 하나에서 돋아난 빛깔이 다양하다

작은 바람에 깃털이 날릴 때
결 고운 솜털은 모두 한 가지 색
하얀 속살을 보듬고 있다
본디 한 가지 색깔로 태어났지만
눈비 찬 날을 지나다 보니
저렇게 얼룩이 되었던 것은 아닐까

깃털이 박힌 몸은
뜨거움이었지만

몸 밖으로 튀쳐 나온 수많은 얼룩들
저자거리를 숲으로 날아오다 보면
높아진 목소리들 모두
얼루기로 모을 수밖에 없었으리라

세상을 보는 맑은 눈을 담고
눈부신 햇살과 바람의 무늬 사이
온갖 꽃물에 물들이던 부리를 놓아버리고
얼루기 한 마리가
큰 나무 밑 작은 바람 속에서
주검 속 속살을 마구 헤적이고** 있다

* 얼루기 : 얼룩얼룩한 무늬나 점
** 헤적이다 : 자꾸 이리저리 들추어 헤치다

—「얼룩에 대하여 2」 부분

순수의 상태가 오염으로부터 무척이나 취약하다는 것은 익히 알려진 일이다. 순수는 오염의 늪에 쉽게 빠질 수 있지만, 오염은 순수로부터 쉽게 빠져 나오지 못한다. 악화되는 것이 좋아지는 것보다 어려운 것이 세상의 순리이자 이치이다. 인용시가 말하고자 한 것도 이 부분이다.

「얼룩에 대하여 2」의 중심 소재인 새 한 마리는 일단 순수의 상태에 놓여 있다. 그렇기에 그것은 욕망으로부터 벗어나 자연의 일부라 해도 좋고 문명의 저편에 놓인, 시인 박남수가 「새」에서 노래한 그 순수한 새여도 좋을 것이다. 그러나 이 새는 순수성을 오래 보전하지 못한다. 만약 사회와 격리된, 고립된 자연의 일부로만 살아갔다면, 이 새는 오염의 지대로부터 자유로웠을지도 모른다. 그러나 근대 사회 이후 지상의 모든 물상들은 자연의 일부가 아니라 사회의 일부로 존재하는, 존재의 변이과정을 거친 터이다. 자연이 보다 더 큰 물리적 단위, 정서적 단위임에도 불구하고, 근대 사회는 이를 역전시켜 왔다. 그러니 새는 자연의 일부가 아니라 사회의 일부로밖에 살 수 없었던 것이다. 그런 사회가 새에게 저지른 범죄는 대단히 심각하다. 새의 본래성, 혹은 순수성을 잃게 만들었으니 말이다. 그 단적인 증거가 바로 '얼루기'라는 담론이다. 새의 표면을 둘러싸고 있는 얼루기들은 자연의 일부였으면, 결코 지상에 태어나지 않았을 것이다. 그러나 사회의 일부로 살아오다보니 오염을 피할 수 없었고, 그로부터 받은 훈장이 바로 '얼루기'로 표명된 것이다.

자연의 저편에 놓여 있는 세상이나 사회, 그리고 문명이란 이런 것이다. 그것은 자아의 완결성을 향한 길을 가로막고 선 장애물이고, 수양의 정서를 여과하지 못하게 하는 차단막에 불과할 뿐이다. 시인은 여태껏 이런 현장을 목격해왔고, 그로부터 벗어나고자 가열한 모색을 거듭해온 터이다. 그 쉽지 않은 도정, 그리고 어느 정도 도달했다고 생각했던 목표들이 결국은 동일한 현장에 다시 되돌아오게끔 하는 좌절의 정서를 맛보게 했다. 그의 '목마른' 갈증은 이런 피드백 과정에서 얻어진 것이다.

2. '길'을 향한 '어둠'과 '빛'의 변증법

순수가 훼손된 '얼루기'의 새가 존재하는 곳, 그 공간이 지금 여기의 현실이다. 시인은 그러한 현실로부터 자유롭지 않을 뿐더러 빠져나오지도 못한다. 그의 주변을 감싸고 있는 것은 순수도 아니고, 더구나 자신의 앞길을 밝혀주는 빛의 세계도 아닌 까닭이다. 아니 그 반대의 상황에 놓여 있다고 하는 것이 보다 옳은 경우라 할 수 있을 정도이다. 시인은 「주점에서」에서 그러한 상황을 그림자라는 비유로 말한 바가 있다. 그림자는 빛의 반대 세계에서만 생길 수 있는 존재의 아픈 편린이자 투영물이다.

그렇다면, 사회를 유폐시키고 존재의 자유로움을 막는 '그림자'란 무엇인가. 아니 시인이 전략적으로 말하고 있는 '어둠'이란 또 무엇이란 말인가. 실상 이번 시집을 이끌어가는 주된 이미지가 이 '어둠'에 있다고 해도 과언이 아닐 정도로 이 소재가 주조를 형성하고 있다. 시인은 '어둠'의 구체적인 실체와 그것이 규율해나가는 사회의 모습에 대해 특별히 언급한 것은 없다. 그럼에도 그것은 존재의 불구성을 견고하고 만들고, 사회의 순수를 오염시키는 요소로 기능하고 있다. 이 '어둠'의 실체란 무엇이고 또 어디서 형성되는 것일까.

보이지 않는
머언 그대와
붉은 노을로 만나다가

빈 하늘을

향하여 혼자서
무한히 손짓하다가

결국 활활
불타고 만
갈망 한 마당

결국
어둠을 일구어
깊이 잠기고 말았네

—「갈망 한 마당」 전문

한 편의 짧은 서정시에 불과하지만, 이 작품이 내포하는 의미의 자장은 결코 만만한 것이 아니다. 무엇을 향한 욕구를 시인은 여기서 '갈망'이라고 했지만, 이는 근대 철학에서 흔히 말하는 '욕망'의 다른 말일 것이다. 인간은 욕망하기에 원죄의 업보를 갖게 되었고, 또 억압의 정서가 기능적으로 편입되었다고 알려져 있다. 그런데 이는 단지 형이상학의 국면에서 가능한 것이었을 뿐, 그것이 보다 직접적인 원죄의 모습으로 드러난 것은 근대 이후의 일이다. 인간만의 전유물이 되어버린 욕망의 팽창은 자연을 도구화했고, 그 결과 사회는 오염의 지대가 되었다고 이해되고 있는 것이다.

「갈망 한 마당」은 그러한 욕망의 확산과 그것이 가져오는 파동이 무엇인지를 선명한 이미지의 조형 속에 풀어낸 시이다. 그런데 그 과정이 매우 극적으로 이루어지고 있다는 점에서 주목을 요한다. 연인과의 만남이나 이별의 과정을 통해서 이루어지는 갈망이 무척이나 애틋한 것으로 그려져 있기 때문이다. 그러나 그것은 단지 표면의 과정일 뿐, 작품이 지시하는 내용은 무척이나 무거운 정서를 덮어쓰고 있다. 자신을 위한, 자신을 향한 욕망의 갈증이 아름다운 것 같지만, 실제 그것이 뿌린 결과는 '어둠' 의 정서이기 때문이다.

시인의 작품 세계에서 '어둠' 은 물리적인 시간의 질서 속에 놓여 있는 것이 아니다. 그것은 현재의 자아를 구속하고 사회를 불온의 현장으로 만든 요인들이다. 지금 자아 앞에 놓인 어둠은 자아가 나아갈 방향을 상실케 하는 것이지만, 시인은 이로부터 벗어날 출구를 찾아내기가 쉽지 않다. 시인이 시집의 제목을 '목마르다' 라고 한 것은 아마도 여기에 그 원인이 있을 것이다. 욕망은 해소되지 않았고, 그것이 만든 부정의 아우라는 시인이 있는 현재의 시공간을 어둠으로 사유하게끔 만들었기 때문이다. 서정의 성스러운 행보가 계속 진행되기 위해서는, 또 그 기나긴 서정의 유토피아를 열어젖히기 위해서는 이 어둠은 사라져야 한다. 그런 다음 자아에게 밝은 길을 보여주어야 한다. 그래서 시인이 주목하게 된 것이 바로 '길' 의 이미지이다.

> 길은
> 언제 어디서나
> 끝을 내보이지 아니하고
> 길답게 길게 이어져 있다
>
> 맑은 물에 젖어

속알맹이까지
온갖 잡것들까지
서슴없이 드러내 보이고 있는

길은 여전히
길답게 늘어서 있다

천 년 지나
만 년을 가려도
길은 처음만 드러내놓고

끝이 보이지 않는 길

들리지
않는 것까지
모두 다 듣고 나서
안 보이는 것까지 보고 나서

캄캄한 밤
사랑하는 사람과 헤어지고
구하지 못하는 괴로움
모든 길은 끝을 보이지 않는다

—「귀로」 전문

시인은 서정의 방향, 곧 자아가 나아갈 행로를 정해야만 하는 '길' 앞에 우뚝 서 있다. 그런데 이 길은 시인으로 하여금 미래의 시공간으로 인도하지 못하는 불구성의 상태에 놓여 있다. 길은 있지만 시인이 갈 수 있는 길은 보이지 않는다. "캄캄한 밤"이 시인이 나아가야 할 길을 막아서고 있기 때문이다.

하지만 시인이 나아가야 할 길은 분명해 보인다. 소월의 경우처럼, 시인은 결코 십자로에 서있지 않은 까닭이다. 단선적인 길이기에 시인이 선택할 수 있는 것은 십자로보다 비교적 쉬워 보일 수도 있다. 그럼에도 그 길로 나아가는 것이 용이하지만은 않다. 어두운 밤이 여전히 길을 막아서고 있기 때문이다. 그래서 서정적 자아는 자신 앞에 놓여 있는 길로 나갈 수가 없을 뿐만 아니라 그 마지막 여정조차 예단할 수 없는 어정쩡한 상태에 놓이게 된다. "천 년 지나/만 년을 가려도/길은 처음만 드러내놓고//끝이 보이지 않는 길"로 남아 있기 때문이다.

그런데, "길답게 길게 이어져 온 길"이건만 "언제 어디서나/끝을 내보이지 아니하는" 길이라는 이 기막힌 역설이야말로 시인이 현재 처하고 있는 실존의 한 단면을 잘 보여주고 있는 것이라 해도 과언이 아닐 것이다. "갈 수 있지만 갈 수 없는 길"에 갇힌 것이 현재 자아가 처해 있는 모습이다. 그것을 불가능하게 만든 것이 바로 어둠의 실체이다. 어쩔 수 없는 본능, 욕망에 의해 만들어진 어둠의 그림자는 이렇듯 시인의 건강한 실존을 가로막고 있었던 것이다. 그러나 건강한 실존, 유토피아를 향한 서정의 정열은 결코 포기되거나 좌절될 수 있는 것이 아니었다. 그것이 서정시의 운명이고 시인의 운명이 아닌가. '길'은 있는 것이기에, 결코 갈 수 없는 길로 남겨둘 수는 없는 일이다.

존재의 전일성을 담보하는 유토피아에 대한 열정은 인간의 숙명과도 같은 것이다. 현재에는 나아갈 수 없는 길이기도 하지만, "끝이 보이지 않는 길"에서 보듯 존재의 완성을 향한, 인간들의 영원한 꿈과도 같은 것이다. 그렇기에 이 꿈을 향한 시인의 발걸음 역시 결코 포기될 수 있는 것이 아니다. 그러한 과정은 시인에게 곧 '목마른' 갈증을 채워나가는 일과도 같은 것이다.

막내야, 오늘 아침에도 너를
노곤한 식전잠에서부터
흔들어 깨워야 하겠구나

간 반, 네 주위에
흔들리며 몰려왔던 어둠을
하늘빛으로 소리치며 쫓아야 하겠구나

아장아장 네 다리로
온 방안을 휘젓고 다니며
나의 잠을 설치게 했던 내 막내야

어느덧 나는
식전잠을 잊으며 살 만큼
나이에 들어 있고
너로 하여금 오직
내 눈에는 내일의 빛이 있어
나는 오늘도 창밖의 새떼들을 불러들인단다

내 팔에 안겨
꽃 피우며 자라왔는데
자꾸만 열매로 가려는 우리 막내야

—「막내를 깨우며」 전문

인용시는 시인의 작품 속에 등장하는 '빛' 의 이미지와 그것이 함의하는 것이 무엇인지를 극명하게 다룬 작품이다. 뿐만 아니라 모성이나 근원이란 무엇이고, 또 그것이 이 시대 속에 편입되어 들어올 때 가져오는 음역들이 어떻게 확장적 의미를 갖게 되는지를 알려주는 시이기도 하다. 또한 본질적인 것이 충만할 때, 세상에서 일어날 수 있는 변화의 물결이 어떤 것인지를 잘 말해주는 시이기도 하다.

하지만 구재기 시인의 시편을 일별할 때, 이 작품이 갖는 의의는 아마도 '빛' 의 감각적 정서에서 찾아야 할 것으로 보인다. 물리적인 국면에서 '어둠' 을 이길 수 있는 것은 '빛' 의 감각뿐이기 때문이다. 그런 일상적 진실은 시적 진실과도 다르지 않을 것이다. 시인의 실존과 서정의 유토피아를 향한 가열한 열망을 담아내고 있던 것이 자아를 인도해줄 '길' 이었음을 알고 있다. 그런데 이 길은 어둠에 갇혀있어서 시인으로 하여금 존재의 완성이나 동일성을 순례의 과정으로 연결시킬 수가 없었다. 따라서 이 시점에서 시인에게 무엇보다 필요한 것이 '어둠' 을 이길 수 있는 기제의 탐색이었다.

일차적인 이미지의 관점에서 보면, '어둠' 을 이길 수 있는 것은 오직 '빛' 뿐이다. 구재기 시인의 경우도 그 어둠에 대한 대항담론 역시 '빛' 으로 구현된다. 끝이 보이지 않게 펼쳐진 길이지만 시인은 이 길을 결코 포기할 수 없는 것이 시인의 운명이자 숙명으로 받아들인다. 그에게는 구원의 전언 혹은 메시아가 필요했다. 그때 떠오른 것이 바로 '빛' 의 세계였다. 이 이미지는 시인으로 하여금 실존의 고통을 초월케 해주는 매개이면서 존재의 초월을 위한 유토피아와도 같은 것이었다.

시인의 작품에서 '어둠' 이나 '그림자' 의 반대편에 놓인 '밝음' 의 이미지가 많이 등장하는 것도 이런 이유 때문일 것이다. 이 이미지는 '어둠' 과 더불어 시인이 이번 시집에서 찾아낸 또 다른 전략적 이미지이다. 그 결과, 시인은 '빛' 의 계열체, 곧 '빛' 의 은유적 묶음들을 부지런히 탐색해 들어간다. '별' 을 노래하기도 했고(「별 1」, 「별 2」), 새벽을 일구는 새의 아름다운 비행(「새」)을 묘파해내기도 했던 것이다. '별' 과 '새' 는 '햇살' 과 마찬가지로 '어둠' 의 저편에 놓이는 동일한 은유 계열체들이다. 시인은 현재 놓여 있는 실존과 사회의 모습을 '어둠' 으로 파악하면서, 이를 초월할 기제들에 대해서 가없는 탐색을 시도하고 있었던 것이다. 그것이 '어둠' 을 탈출하는 정서, 곧 '빛' 에 대한 그리움의 세계였다.

3. 상선약수上善若水와 허공의 세계

시인은 자신이 나아가야 할 목표 혹은 이상을 위해 서정의 길로 나섰고, 거기서 나아갈 방향을 모색하고 있었다. 길이란 어떤 대상을 안내하기 위해 존재하는 운명을 지닌 것이기에 그 위에 올라선 자아는 당연히 이 순리에 따라야 했다. 그러나 길이 있다는 것은 이루어야 할 목표도 되긴 하지만 다른 한편으로는 또 다른 욕망을 남기는 그 무엇이라는 점에서 역설적 대상이라고 했다. 그런 역설적 상황에 놓여 있는 것이 구재기 시인에게서 표명되는 '길' 의 의미였던 것이다. 시인에게 놓여 있는 길을 역설적으로 이해하게 되면 그것은 또 다른 갈망, 곧 욕망의 상징이 된다. 길은 존재를 인도하는 것이지만 다른 한편으로는 욕망하는 존재가 남긴 흔적도 되기 때문이다. 길에 대한 이런 역설적 의미야말로 구재기 시인만의 고유성 내지 득의의 영역일 것이다.

시인의 판단에 의하면, 흔적이 생긴다는 것은 또 다른 욕망의 결과일 수도 있다는 것이다. 실제로 시인의 작품에서 길은 탐색의 도정이기도 하지만, 욕망의 대상이 되기도 한다. 시인이 지나온 도정은 '그림자' 를 만든 세계와, 그 그림자를 무화시켜줄 '빛' 의 세계였다. 그러한 과정에서 만난 것이 길이었다. 그러나 길은 또 다른 흔적, 욕망이 빚어낸 어두운 결과이기도 했다. 그런 면에서 시인의 작품 세계에서 '길' 은 이중적 의미, 다층적 세계를 표현하는 상징체계로 거듭 태어나게 된다.

나의 길은
언제나 물의 길이다
모자를 벗어 하늘을 굽어보면
나의 길은 이미 없고
낯선 새 길 하나 출렁인다

바람이 소리 없이 와서
그림자도 없이
물낯 위에 그냥 있다가
말없이 흔들리다 가는 것처럼

누군가가 걸었던 길
어느 한순간에 잃어버리고
결국에는 영영 잃어버리고야 마는
또 다른 길 하나 애태워 마련하고

흐르는 물을 굽어보면
천상의 구름이 흔들리며 길을 가고
지상의 멀쩡한 나무들이 들어와 박혀
더불어 흔들리는 것을 보면

길이란 길로 이어져 흔들리는 것
그래서일까, 물고기는
제 길을 만들어 놓지 않는다
새로운 길도 없이, 물고기는 아예
물속에 때를 벗지 않는다

—「물고기는 때를 벗지 않는다」 전문

길의 역설적, 다층적 의미는 인용시에 이르면, "언제나 물의 길"로 새롭게 존재의 변이를 시도한다. 여기서 물은 두 가지 내포적 의미를 갖는다. 하나는 물의 유동적인 흐름이고, 다른 하나는 물의 속성이다. 그러나 두 가지 의미라 했지만, 궁극에는 물이 갖고 있는 본성이라는 점에서 동일한 경우이다. 물을 최고의 가치로 비유한 말 가운데 상선약수上善若水가 있다. 최고의 선은 물과 같은 것이라는 뜻이다. 이런 의미에서 시인 구재기 시세계를 설명하는 데 있어서 이 담론만큼 정확한 표현도 없을 것이다.

물은 위에서 아래로 흐른다는 점에서 순리와 이법을 표

상한다. 그것이 곧 자연이 주는 불편의 이치일 것이고 시인에게도 이 의미는 매우 유효하게 다가온다. 그런데 시인에게 물의 구경적 의미가 더 큰 확장성을 갖는 것은 물이 갖는 본질적 속성에서이다. 익히 알려진 대로 물은 흔적을 남기지 않는다. 가령, 누군가 물 위를 혹은 물속을 지날 때, 잠깐의 파동은 있을지언정, 이내 사라지고 궁극에는 수평을 유지하는 까닭이다. 시인이 주목하는 것은 흔적 없이 사라지는 물의 속성이다. 흔적을 남긴다는 것은 팽창하는 욕망의 결과라는 것이 시인의 사유이다. 뿐만 아니라 그것은 나와 너를 구분하는 경계가 된다고도 본다.

한 잔 물을 마시며
물의 무게를 만난다

식도로 흘러내리는
물의 뼈
물의 살
그리고, 물의 피

물이 흐르고 흘러내려
하나의 생명을 이룰 때
확인과 인과에 의지하지 않은
어둠이 깨지고, 빛이 깨어나고

한 잔의 물을 마시며
아무런 걸림이 없이
그동안 보이던 헛꽃으로부터
모든 것이 분명해짐을 안다

—「한 잔 물을 마시며」 전문

인용시 역시 물이 갖고 있는 속성과 그것이 시인에게 주는 의미를 잘 보여주고 있는 작품이다. 물은 먼저 시인에게 생명의 근원으로 다가온다. 물은 위에서 아래로 흘러내려 시인의 몸으로 들어오고, 궁극에는 그것이 생명의 씨앗이 된다. 그러나 물의 긍정적 기능은 여기서 머물지 않는다. 물이 시인의 시세계에서 갖고 있는 궁극적 의미가 무엇인지도 일깨워주고 있기 때문이다.

이렇듯 물은 "어둠이 깨지고, 빛이 깨어나게" 하는 매개체이다. 앞서 언급대로 시인이 진단하는 자신의 부정성, 혹은 사회의 불온성은 모두 갈망의 정서에서 비롯되는 것이라 했다. 그 부정의 결과가 바로 '어둠' 의 이미지였거니와 그 반대편에 놓인 것은 '빛' 의 세계였다. '어둠' 과 '빛' 의 변증관계가 만들어내는 팽팽한 끈들이 시인의 시세계를 형성케 하는 역동적인 힘들이었다. 이제 그 변증적 관계의 끝에 놓여 있는 것이 '물' 의 세계이다. 물은 '어둠' 을 깨치고 '빛' 이 태어나는 수단이기 때문이다.

'빛' 은 물과 마찬가지로 흔적이 없고, 구분이 없다. 구석진 모든 것을 비추는 것이 빛의 원리(「아침에」)이기 때문이다. 그렇기에 인과관계를 만들지 않고 평등이라는 관념을 배태시킨다. 물 역시 흔적을 남기지 않는다는 점에서는 빛과 동일하다. 특히 수중의 물고기는 그러한 흔적의 세계와는 더더욱 무관하다. 시인은 물의 세계라든가 물고기의 존재야말로 파편화된 자신의 인식을 치유해 줄 근본 매개로 사유하고 있는 것처럼 보인다. 그렇기에 그 흔적에 대한 시인의 탐색이랄까 추적은 집요하게 이루어진다. 그리하여 흔적과 구분에 대한 안티담론에 대해 시인은 거듭거듭 주목하게 된다. 그 탐색의 또 다른 결과가 '허공'의 발견이다.

길을
아는 사람만이
길을 묻는다

그러나

허중*을
나는 새는 결코
길을 묻지 않는다

* 虛中有實(허중유실), 즉 허한 가운데 실함이 있다는 뜻으로, 虛中(허중)이란 마음속의 욕심을 버리고 중심을 잡는다는 의미로 썼다. — 『格庵遺錄(격암유록)』에서

—「그러나」 전문

이 작품은 허공이 갖는 의미를, 새의 행로를 통해서 묻고 있는 시이다. 우선, "길을 아는 사람만이/길을 묻는다"고 시인은 이해한다. 이는 매우 합당한 말이긴 하지만, 그러나 길을 안다는 것은 어떤 분명한 목표가 있다는 뜻일 것이다. 시인이 존재의 동일성에 대한 열망이든 혹은 어둠에 대한 안티담론이든, 이 담론을 갖는다는 것에 대해 나쁘다고는 할 수 없을 것이다. 인간이라면 누구나 욕망하는 세계가 있을 수 있기 때문이다. 뿐만 아니라 존재의 완전한 자유 혹은 동일성을 향한 여정 역시 존재론적 결

핍을 느끼고 있는 인간이라면 당연히 가져야할 목적일 것이다.

그러나 구재기 시인에게 목적은 그 자체에서 끝나는 것이 아니다. 그는 목적을 욕망의 불온한 표출이라고 이해한다. 우리는 이미 흔적 없는 물의 세계를 찾아나서는 시인의 행보에서 그러한 사유의 일단을 읽어낸 바 있다. 그런 면에서 허공 역시 물과 등가관계에 놓인다. 여기서의 새는 물고기와 동일한 존재이고 허공 역시 물의 또 다른 은유이다. 따라서 물과 허공은 흔적을 지우고자 하는 시인의 지난한 도정의 결과물이다.

금강으로 향하여
바다를 달린다
하얗게 일어서는 뱃길

발을 벗어도
부끄럽지 않은 자는 오라
흙탕물을 밟지 않은
전투화戰鬪靴를 벗어 던지고
달릴 수 있는 자는
모두 이곳으로 오라, 오라

금강으로 가는 길 금강으로
하늘의 모든 구름이 쏟아 부은
온갖 설움과 슬픔과 원망을 딛고
너와 나는 비로소
한 마음 한 몸이 될지니

두터운 옷을 벗어 던지고
알몸으로 달릴 수 있는 자는
모두 이 뱃길로 오라
이 푸른 알몸의 바다로 오라
청정清淨의 창해滄海
햇살이란 햇살들이
이곳에서는 애시당초
심해深海에서 치밀어 올라오는 것
푸른 물낯을 터전으로 하고
금강의 그림자를 얼싸안을 수 있는
너른 가슴인 자는
이 뱃길에 온몸으로 뛰어 들어라

금강으로 향하여
뱃길을 간다
청정清淨의 순順한 길
모진 두 손을 씻으며 닦으며
금강과 한 몸 되려
하얗게 일어서는 창해의 햇살로
뱃길을 빛으며 간다

—「금강으로 향하며」 전문

흔적 지우기의 마지막 여정이 어쩌면 이 금강의 세계에 있는 것은 아닐까. 금강의 줄기들은 시인의 정신적 고향이면서 시인의 관념이 완성되는 공간이다. 이곳은 소위 아무 것도 걸치지 않은 알몸의 세계이다. 그리고 이 알몸이란 껍데기 없는 본질적인 것의 상징적인 표현이다.

이는 신동엽이 말한 본질의 세계와 등가관계에 놓이는 경우이다. 본질의 외피인 껍데기라든가 가짜가 없는 세계가 곧 알몸의 세계일 것이다. 신동엽의 서사시 『금강』에서 곰의 자손들이 모든 것을 벗어던지고 초례청에 제사지내는 곳, 그 알몸의 세계, 곧 본질의 세계가 이 시인이 이해한 금강의 현장일 것이다.

구재기 시인이 말하는 금강 역시 신동엽이 탐색했던 그것과 동일한 경우이다. 그러나 구재기가 언표하는 금강의 현장은 신동엽의 그것과 매우 다르다. 시인은 금강의 앞, 곧 물리적 거리에서가 아니라 금강 그 자체에서 시의 사유를 직조하고 있기 때문이다. 이렇게 금강과 시인은 하나가 되어 있다. 시인이 바라는 금강으로 가는 길, 아니 금강에서 이루어지길 원하는 일이란, "발을 벗어도/부끄럽지 않은 자"와 "전투화를 벗어 던지고/달릴 수 있는 자"들이 본질을 향해 육박하는 것이다. 그렇기에 그곳은 "두터운 옷을 벗어 던지고/알몸으로 달릴 수 있는 자"들만이 올 수 있는 공간이 된다.

이곳은 이렇게 본질이 갖추어진 사람만이 오기도 하지만 '청해의 창해' 도 오고, '햇살이란 햇살' 모두도 오는 곳이기도 하다. 그런데 그들은 이곳에 와서 흔적을 만들지 않는다. 그러니 경계가 없고, 구분이 없다. 모든 곳들이 금강이라는 거대한 공간에 모여 대합창의 세계를 만들어내고 있는 것이다. 흔적을 남기지 않은 물처럼, 이곳에 모인 모든 존재들은 자신들만의 고유한 자리, 곧 흔적이 따로 남지 않는다.

최고의 선 가운데 물만한 것이 없다고 형이상학은 우

리에게 가르친다. 시인 또한 그러한 물의 원리를, 속성을 이해하고 실천하고 있다. 그럼에도 시인의 오랜 시적 작업을 통해 나아가고 있는 유토피아적 정열은 여전히 현재진행형이다. 시인은 그렇기에 끊임없이 '목이 마르다'고 한다, 시인이 이런 갈증을 느끼는 것은 자신의 주변에 드리워진 '어둠' 때문이다. 그 인식적 한계가 시인으로 하여금 '빛' 이라는 희망의 좌표를 순백의 백지 위에 그리게 했다. 시인의 붓끝이 향한 곳은 바로 물과 허공의 세계였다. '물' 과 '허공' 은 흔적을 남기지 않는다는 점에서 공통분모를 갖고 있다. 시인이 주목한 것도 그것들이 공유하고 공통의 지대이다.

서정적 자아는 이제 지나온 길도 없고, 또 가야할 길도 없다. 과거로 지칭되는 길과 현재의 길, 그리고 미래로 나아갈 길들을 모두 잃은 상태이기 때문이다. 모든 것이 전일한 세계를 형성한 채 남아 있을 뿐이다. 다시 말해 '물'과 같은 세계, '허공' 과 같은 세계만이 시인의 주변을 맴돌고 있는 것이다. '물' 과 '허공' 은 길을 만들지 않고, 흔적 역시 남기지 않는다. 목표와 욕망이란 더 이상 의미가 없고, 또 있어서도 안 된다. 그것이 지금 시인이 희구하는 현존의 모습이다. 이런 세계야말로 시인이 지금껏 갈구했던 '불륜의 미끼' 가 아닐까. 이 미끼가 만들어내는 절대 수평의 세계, 그에 대한 자기화만이 여전히 '목마른' 상태에 놓여 있는 시인의 갈증을 풀어줄 것이다. ■

■ 구재기 약력

구재기丘在期 시인은 충남 서천舒川에서 태어났고, 1978년 전봉건全鳳健 선생의 추천으로《현대시학現代詩學》통하여 등단했다.

시집으로는 『자갈 전답田畓』『농업시편』『바람꽃』『아직도 머언 사람아』『삼십리 둑길』『둑길行』『빈손으로 부는 바람』『들녘에 부는 바람(장시집)』『정말로 내가 너를 사랑하는 것은 내 가슴속의 날 지우는 일이다』『콩밭 빈 자리』『천방산千房山에 오르다가』『살아갈 이유에 대하여』『강물』『가끔은 흔들리며 살고 싶다』『편안한 흔들림』『추가 서면 시계도 선다』『흔적痕迹』『공존共存』『갈대밭에 갔었네』『휘어진 가지』『모시올 사이로 바람이』등 21권, 시선집 『구름은 무게를 버리며 간다』, CD시집 『겨울은 옷을 벗지 않는다』, 시화집詩畵集으로 『주목된 시간』, 3인 시집 『모음母音』(구재기, 권선옥, 나태주) 등이 있다.

1994년 충청남도 문화상(문학부문, 제37회), 2004년 시예술상 본상(제6회), 2006년 대한민국향토문학상, 2008년 홍성예술인상(제1회), 2009년 한남문인상 운문부문 대상(제4회), 2009년 충남시인협회상 본상(제3회), 2011년 정훈문학대상(제10회), 2018년 식석초문학상(제3회) 등을 수상하였고, 1992년 한국문예진흥기금 수혜(시집 『둑길行』), 2016년 충청남도 문화예술진흥기금 수혜(시집 『공존共存』), 2018년 한국문화예술위원회의 〈2018. 아르코문학창작기금 최종 지원대상자〉로 선정(시집 『모시올 사이로 바람이』) 되기도 하였다. 40년 11개월의 교직에서 명예퇴직함으로써 2010년 황조근정훈장(제 18233호) 을 서훈한 바 있다.

한국문인협회 충남지회장, 충남시인협회 회장을 역임하였고, 현재는 고향 서천에 몸담고 있다. 명예퇴직 후 서천 고향집을 리모델링하여 당호堂號를 《산애재蒜艾齋》라 이름하고 야생화와 더불어 살아가면서 다음카페 daum-cafe《시인의 방 산애재蒜艾齋》를 운영하고 있다.

• 주소

우) 32240. 충남 홍성군 홍성읍 문화로 72번길 92.
주공그린빌 102동 702호

• 산애재蒜艾齋 주소

우) 33620. 충남 서천군 시초면 시초로 137.

• E-mail : koo6699@hanmail.net

• Cafe : [산애재蒜艾齋] http://cafe.daum.net/koo6699

목마르다 | 구재기 시집

지은이 | 구재기
펴낸이 | 김명수
펴낸곳 | 시아북(詩芽Book)
발행일 | 2020년 2월 29일
출판등록 | 2018년 3월 30일

주소 | 대전광역시 동구 대전로839번길 18
전화 | (042) 254-9966, 226-9966
팩스 | (042) 255-5006
E-mail | daegyo9966@hanmail.net

값 10,000원

ISBN 979-11-963971-9-7

* 이 도서의 국립중앙도서관 출판예정도서목록(CIP)은 서지정보유통지원시스템 홈페이지(http://seoji.nl.go.kr)와 국가자료종합목록 구축시스템(http://kolis-net.nl.go.kr)에서 이용하실 수 있습니다. (CIP제어번호 : CIP2020007234)